mf

青春校园

诗乐同行

张口天　著

上海大学出版社

图书在版编目（CIP）数据

青春校园　诗乐同行 / 张口天著. —上海：上海大学出版社，2016.7

ISBN 978-7-5671-2388-5

Ⅰ. ①青…　Ⅱ. ①张…　Ⅲ. ①诗集—中国—当代　Ⅳ. ①I227

中国版本图书馆CIP数据核字（2016）第145328号

责任编辑　陈　强
助理编辑　刘　强
装帧设计　柯国富
技术编辑　金　鑫　章　斐

书　　名　青春校园　诗乐同行
著　　者　张口天

出版发行　上海大学出版社
社　　址　上海市上大路99号
邮政编码　200444
网　　址　www.press.shu.edu.cn
发行热线　021-66135112
出 版 人　郭纯生

印　　刷　上海新艺印刷有限公司
经　　销　各地新华书店
开　　本　787×960 1/16
印　　张　13.5
字　　数　270千
版　　次　2016年7月第1版
印　　次　2016年7月第1次
书　　号　ISBN 978-7-5671-2388-5/I・373
定　　价　58.00元

序

上海大学党委副书记、副校长
徐　旭

上海大学是一所新组建时间不长，却有着悠久的文化传承、秉承先进教育理念的高等学府，一直以人文教育、通识教育、短学期制、学分制、选课制为办学特色。学校始终锐意改革、充满活力，就是为了促进和实现学生的全面发展和终身发展。钱伟长先生有句话：“我们大学培养的学生，首先应该是一个全面的人，是一个爱国者，一个辩证唯物主义者，一个有文化艺术修养、道德品质高尚、心灵美好的人；其次才是一个拥有学科专业知识的人，一个未来的工程师、专门家。”这句话道明了培养学生全面发展的内涵，也指出人文、社会、艺术、体育教育不仅有利于人格养成和素质提升，有利于学生树立正确的世界观、人生观、价值观，而且对于办出符合时代需要、符合人才成长规律的一流本科教育具有一定的启示。新上大组建20多年来，我们欣慰地看到“培养全面发展的、具有创新精神的人”的理念，已经化作为各种具体的行动、举措和制度，融化为上大的文化，滋养着一批又一批上大人不断成长，让他们更加地热爱祖国、胸怀天下、自强不息、敢于担当、追求卓越。

近年来，上海大学不断探索文化艺术素质教育教学的创新模式，在建立完善课程体系、构筑改进课外培养体系、加强支撑素质教育的校园文化建设等方面取得了一定的成效。在构筑改进文化艺术素质教育课外培养体系方面，尤其值得注意的是，为了以最贴近年青人的方式有效推进艺术素质教育，学校积极开展了许多面向全校学生的形式新颖、内涵丰富的大学生艺术素质教育活动。正是在此背景下，2015年五四青年节之际，上海大学团委推出了“青春校园 诗乐同行”诗歌艺术活动。这项活动旨在带领人们聆听经典回响、净化心灵、摒弃浮华，希望人们用诗意的方式看待生活、影响生活，为校园和社会构筑一条富有情怀、关注苍生的人文艺术之路。一方面创新了艺术素质教育活动的组织形式，将音乐与诗歌两种艺术形式有机地结合起来；另一方面创新了艺术素质教育活动的传播方式，不仅通过上海大学广播台的电波来传达青春的诗意问候，而且在上海大学团委的微信公众号“团聚上大”上推出活动的视频内容和张口天老师的感悟与赏析，线上阅读和视频点击量过万。

活动中既有师生默契的诗歌吟诵，也有老道精湛的名曲演奏，短短一年时间就小有成就，获得广大师生的好评，着实不易。现在，张口天老师的感悟与赏析文字结集出版，也是对“诗乐同行”活动的一次阶段性总结和展示。我为上海大学团委“诗乐同行”团队扎实严谨的工作感到欣慰，希望这个品牌活动能继续秉承“先天下之忧而忧，后天下之乐而乐”的校训精神，不忘团组织的使命和作用，在诗歌和音乐的激荡与交相辉映中，营造一流大学的校园文化，塑造学生的美好心灵，激发和提高学生的审美情趣，让广大学生把懂得美、欣赏美、追求美与建设美好祖国、成就美好人生结合起来，发挥好文化艺术的育人功能，让文化艺术在一流大学的建设进程中发挥重要作用。

少年强则国家强，文化兴则国家兴，祝愿“诗乐同行”活动越办越好。

2016年7月

目 录

第一季

和昨天说再见
和明天说你好

第一期

郭小川 《刻在北大荒的土地上》
冼星海 《黄河颂》

朗诵：许　烁　（上海大学团委书记）
　　　郝奕清　（嘉定区桃李园小学学生）

许多人认为“政治+抒情”不等于诗歌，至少政治术语的频繁入诗，易使诗歌的表达直露、浅显、粗粝，破坏诗歌的韵律感和意境美，最终沦为政治传声筒或一种文学工具。事实上，政治观念入诗并非罕事，或者说诗与政治的关系从来就无法分割清楚，诗歌水平的高低与是否谈论政治没有必然的关系。为什么要写政治诗歌？其实好的政治诗歌仍然表达的是一种无法摆脱的情感上的需要。

刻在北大荒的土地上

郭小川

继承下去吧，我们后代的子孙！
这是一笔永恒的财产——千秋万古长新；
耕耘下去吧，未来世界的主人！
这是一片神奇的土地——人间天上难寻。

这片土地哟，头枕边山、面向国门，
风急路又远啊，连古代的旅行家都难以问津；
这片土地哟，背靠林海、脚踏湖心，
水深雪又厚啊，连驿站的千里马都不便扬尘。

这片土地哟，一直如大梦沉沉！
几百里没有人声，但听狼嚎、熊吼、猛虎长吟；
这片土地哟，一直是荒草森森！
几十天没有人影，但见蓝天、绿水、红日如轮。

这片土地哟，过去好似被遗忘的母亲！
那清澈的湖水啊，像她的眼睛一样望尽黄昏；
这片土地哟，过去犹如被放逐的黎民！
那空静的山谷啊，像他的耳朵一样听候足音。

永远记住这个时间吧：一九五四年隆冬时分，
北风早已吹裂大地，冰雪正封闭着古老的柴门；
永远记住这些战士吧：一批转业的革命军人，
他们刚刚告别前线，心头还回荡着战斗的烟云。

野火却烧起来了！它用红色的光焰昭告世人：
从现在起，北大荒开始了第一次伟大的进军！
松明却点起来了！它向狼熊虎豹发出檄文：
从现在起，北大荒不再容忍你们这些暴君！

谁去疗治脚底的血泡呀，谁去抚摸身上的伤痕！
马上出发吧，到草原的深处去勘察土质水文；
谁去清理腮边的胡须呀，谁去涤荡眼中的红云！
继续前进吧，用满身的热气冲开弥天的雪阵。

还是吹起军号呵！横扫自然界的各色“敌人”，
放一把大火烧开通路，用雪亮的刺刀斩草除根！
还是唱起战歌呵！以注满心血的声音呼唤阳春，
节省些口粮作种籽，用扛惯枪的肩头把犁耙牵引。

哦，没有拖拉机、没有车队、没有马群……
却有几万亩土地——在温暖的春风里翻了个身！
哦，没有住宅区，没有野店、没有烟村……
却有几个国营农场——在如林的帐篷里站定了脚跟！

怎样估价这笔财产呢？我感到困难万分，
当我写这诗篇的时候，机车和建筑物已经结队成群；
怎样测量这片土地呢？我实在力不从心，
当我写这诗篇的时候，绿色的麦垅还在向天边延伸。

这笔永恒的财产啊，而且是生活的指针！
它那每条开阔的道路呀，都像是一个清醒的引路人；
这片神奇的土地啊，而且是真理的园林！
它那每只金黄的果实呀，都像是一颗明亮的心。

请听：战斗和幸福、革命和青春——
在这里的生活乐谱中，永远是一样美妙的强音！
请看：欢乐和劳动、收获和耕耘——
在这里的历史图案中，永远是一样富丽的花纹！

请听：燕语和风声、松涛和雷阵——
在这里的生活歌曲中，永远是一样地悦耳感人！
请看：寒流和春雨、雪地和花荫——
在这里的历史画卷中，永远是一样地醒目动心！

我们后代的子孙啊，共产主义时代的新人！
埋在这片土地里的祖先，怀着对你们最深的信任；
你们的道路，纵然每分钟都是那么一帆风顺，
也不会有一秒钟——遗失了革命的灵魂……

未来世界的主人啊，社会主义祖国的公民！
埋在这片土地里的祖先，对你们抱有无穷的信心；
你们的生活，纵然千百倍地胜过当今，
也不会有一个早上——忘记了这一代人的困苦艰辛。

是的，一切有出息的后代，历来珍视革命先辈的遗训，
而不是虚设他们的灵牌——用三炷高香侍奉晨昏；
是的，一切有出息的后代，历来尊重开拓者的苦心，
而不是只从他们的身上——挑剔微不足道的灰尘。

……继承下去吧，我们后代的子孙！
这是一笔永恒的财产——千秋万古长新；
……耕耘下去吧，未来世界的主人！
这是一片神奇的土地——人间天上难寻。

（摘自《郭小川全集（2）·诗歌》，第141—144页）

蒙　思

时值9月，南方还夏意正浓，而东北却早已凉意渐起。阳光是暖黄的，散在风中，却没有了往日的骄横。山头慢慢地变换了颜色，在浓得化不开的绿色之中，深浅不同的黄、红、白、紫开始呈现，如同顽皮的孩子在画布上随意涂抹的色调，层层染染，满山遍野，流光交错。在这葱茏茂密的枝桠之间，像蓝宝石一样的天幕之下，一群年青人，轻快地穿梭其间，手中拎着锄头，肩膀扛着铁锹，到处是欢声笑语，秋收生产大会战已经开始。

山脚之下，是一片片新翻开的黑土地，自从一批批下乡知青的到来，荒野就不再孤独地忍受寂寞，到处是开掘出来的深褐色的土块，有如一串串璀璨的黑珍珠，酝酿着一份沉甸甸的即将到来的收获。农忙的年青人们，正快马加鞭地忙碌着，准备在寒冷的冬季到来之前，收拾好稻穗，备好垄，多开些荒地，争取明年再来一个大丰收。

一转眼，半个世纪过去了，一切仿佛没有变过似的，依然是碧绿的树，湛蓝的天，充满欢声笑语的收获时节，一切都如花似锦，安宁平静，韶华灿烂。这样的风景令人陶醉。同样，还是有一群人穿梭在田间，他们不再是妙龄青年，他们戴着黑色墨镜、戴着红色的太阳帽，弯着腰，走路缓慢，有的人还需要别人搀扶……空气中弥漫着一股沉重的气息，我们的呼吸由此变得不同。此刻，我们才觉察到平日里最容易被我们忽略掉的东西——似水流年，时间在改变着历史中的一切，我们的爱好，我们的心旌，我们的相思，我们的容颜。我们似乎忘记了些什么，那就是刻在北大荒土地上的青春与热血、情感与记忆。

远处是新落成的“王震将军率师开发北大荒纪念碑”，碑文是这样写的：“亘古荒原，渺无人迹，荆棘丛生，走兽之栖。俄族欲垦，未能立锥；倭人觊觎，终成梦幻。唯共产党之雄略，锐意而拓之。公元一千九百四十七年始，垦荒志士挺进，公元一千九百五十八年春，名将王震率将士十万云集密山，一声令下，斗地战天。茫茫沃野沉寂千年而萌苏，芸芸众生不顾生死而耕耘。荣复军人、地方干部、城市知青、科技人员，历四十载之酸辛，经三代人之苦斗，胼手胝足，深领稼穑之难，噫吁唏，此乃南泥湾精神之续延。血水、泥水、汗水皆融于大荒，农、工、林、牧各业尽现于边疆。此举之壮，宇内闻名、旷世绝前！为不泯其绩，遂建碑以志之，为颂扬其业，撰此文而铭之。笔者驻足，记大荒之变迁，后人记者，缅志士之伟业。悠悠岁月，全赖群贤。青史留垂，拓荒者英名常念。逝者如斯，北大荒精神永存。”它仿佛在向人们昭示着什么：留存在记忆中的也许只不过是一种田园牧歌般的梦幻；伫立在我们内心深处的却是巨大的，彻底改造了我们思想和情感的，饱含着难以弥合的痛楚、辛劳和疲惫的，永恒的信仰的丰碑。

时光再次回到20世纪五六十年代，在那个年代，每一位新中国的公民都有一颗年青蓬勃的心，只要毛主席发出一声号令，我们每个人都会激动不已，接下来就是坚决地执行。为了扩大耕地面积，发展农业生产，保证粮食的需要，解决城市青年的就业问题，1955年2月，团中央第一书记胡耀邦在共青团北京市第三次代表大会上的讲话中发出号召，号召所有的年青人踊跃到边疆去，到祖国最需要的地方去，开发建设祖国：“开荒的大风暴还没有来，但大风暴之前必然有闪电！北京，可以带头，榜样的作用是很重要的！只要我们首先把垦荒队搞起来，就能带动许多城市青年、知识青年下乡！”当时毛主席有句话：“农村是一个广阔的天地，在那里是可以大有作为的。”毛主席的这句话经过人民群众的广泛传播，精炼提纯，成了整个一代人心中不能释怀的印记与记忆，他们的青春与激情由此献给了祖国的边疆生产，一部分城市中未升学的初中、高小毕业生以及其他失业青年被动员参加垦荒工作。

1955年8月，团中央书记处根据中共中央《关于垦荒、移民、扩大耕地、增加粮食的初步意见》的指导，借鉴苏联的经验，决定在全国范围内开展“向荒山、荒地、荒滩进军”的活动，并开始有组织、有计划、有重点地培育青年垦荒队。最早筹建的青年垦荒队是通过北京团市委牵头组建的，当时以北京市石景山区西黄乡22岁的工厂党员、乡长兼团支部书记杨华和南苑的李连成、李秉衡，东郊区（今朝阳区）的张生和门头沟区的庞淑英这五名骨干成员为发起人，由《中国青年》记者、同时任团中央垦荒筹备组成员的舒学恩执笔，向共青团北京市委递交了申请书："请批准我们发起组织一个北京市青年志愿垦荒队到边疆去垦荒，使我们能够为祖国多贡献一份力量。"

这则消息在《中国青年》杂志上一经发表，很快在北京青年中引起轰动与效仿，许多有志青年纷纷走向街道，报名申请参加垦荒队，情景十分热烈，令人动容。1955年8月30日，新中国第一支青年志愿垦荒队——北京青年志愿垦荒队成立。随后，9月初，新中国第一支青年志愿垦荒队在黑龙江省萝北县凤翔镇的团结村建立了全国第一个垦荒点——"北京庄"。从此，被人称为"北大荒"的土地上，除了万籁无声的冰雪、一眼望不到边的荒野，青春的火种也在此点燃，开始燃烧，照亮了人们心中无限的憧憬与热望。不久，天津、河北、哈尔滨等省市在北京青年的影响下，组织了同样的垦荒队，于1955年底接连到达北大荒，并联合成立了青年垦区。

这场声势浩大的垦荒运动，是建国以来首次由国家主导进行的大规模人口迁移运动。在此之后，"广阔天地，大有作为"就成为一代中国知识青年走向边疆、到艰苦的农村和山区安家落户的前奏与号角，其波澜初起，却影响了不少城市知识青年和农村回乡青年积极投身其中。它激励起来的奋斗精神与献身精神影响了整整一代人，乃至以后的知识青年，并由此形成了以后一段时期内遣送知识青年"屯垦戍边""上山下乡"的一种固定模式。

1958年9月2日，《人民日报》刊载了题为《邢燕子发愤图强建设农村》的长篇报道，郭沫若也曾经赋诗一首《赞邢燕子》："邢燕子，好榜样！/学习王国藩，/学习铁姑娘。/全家都在城，/自己愿留乡。/园中育幼幼成行，/冰上治鱼鱼满网。/天寒地冻，抢种垦荒。/要使石头长出粮。/吃苦在前享乐后，/一切工作服从党。/北大洼变成良窝，/燕子结成队，奋飞过黄河！//邢燕子，榜样好！/青春献农村，/青春永不老。/一马能当先，/万马齐赛跑。/立下雄心天样高，/鼓足干劲风力饱。/克勤克俭，有说有笑，/能把劳动当成宝。/为国为社多打粮，/国好社好大家好。/司家庄变成鱼米乡，/燕子结成队，奋飞过长江。”

如今，北大荒已经变成了北大仓，遍野的荒蛮已经被高度机械化的现代国营农场所取代。窗外的天空依旧晴朗，星星点点的不再是天空上的街市，而是现实中楼宇林立的农场街道。开发北大荒的历史帷幕已经落下，它留给人们的还有什么？那些每年都要回访的老知青们还在寻找什么？那些爱、恨、悲、叹的历史记忆是无法抹去的，那些为新中国的发展建设奉献了青春的人们，他们的付出是不容忘记的。走过那个风风火火、炼狱般年代的人们不仅不会忘记过去，背叛历史，而且如往常一样坚强地追求新的幸福的生活。

诗 说

郭小川（1919—1976），河北丰宁人，出生于书香门第的小户家庭。1937年开始参加革命并加入中国共产党，后长期在新闻、宣传、文艺部门工作并坚持以诗歌创作作为参加革命的重要武器，1962年调《人民日报》任特约记者直至“文革”。1976年10月18日，在一场火灾中不幸逝世，终年57岁。郭小川被称为“战士诗人”，他的诗歌始终与时代主题相一致，作品极为丰富，主要有《平原老人》《投入火热的斗争》《致青年公民》《鹏程万里》《将军三部曲》《甘蔗林——青纱帐》《昆仑行》等，还有一些政论、杂文作品。

许多人认为“政治+抒情”不等于诗歌，至少政治术语的频繁入诗，易使诗歌的表达直露、浅显、粗粝，破坏诗歌的韵律感和意境美，最终沦为政治传声筒或一种文学工具。从20世纪90年代以后的诗歌写作来看，诗作中能够表现政治责任感与家国情怀的内容明显减少。这一时期的诗歌以远离政治、远离崇高为荣，依靠政治概念生产出来的诗作被认为是短命和没有价值的。虽然这些关于政治诗歌的理解与阐释在某些方面不无道理，但却严重误读、夸大了政治诗歌的意识形态功用。政治观念入诗并非罕事，或者说诗与政治的关系从来就无法分割清楚，诗歌水平的高低与是否谈论政治没有必然的关系。为什么要写政治诗歌？其实好的政治诗歌仍然表达的是一种无法摆脱的情感上的需要。

郭小川的这首《刻在北大荒的土地上》，并不是一首典型的政治诗歌，而是一首斗志昂扬、充满革命激情的政治抒情诗。这首诗歌创作于1962年，作者结束了在南方的访问和疗养之后，不顾疲劳和身体不适，跟随王震将军来到黑龙江垦区和小兴安岭林区工人中访问。在返回北京的火车上，诗人心潮澎湃，难以平复，挥笔疾书，写下了这首充满时代影像的，既有时代特征，又有鲜明个人特色与理想追求的政治抒情诗。

郭小川特别善于挖掘宏大历史时代的深刻蕴含，他以自身敏锐的政治洞察力深刻体察工农群众的精神风貌，对具体生动的工农生产生活进行细致入微的描绘与深情的歌颂。这首诗歌写的是第一批开进北大荒唤醒沉睡土地的创业者——转业革命军人，正是他们抗严寒、驱虎豹，“用满身的热气冲开弥天的雪阵”，为子孙后代留下了“一笔永恒的财产”，并让子孙后代永远继承下去。诗人看到的不仅仅是眼前的物质财富，更是把北大荒的创业精神作为一笔可贵的，具有社会主义特色的集体主义业绩，并认为这应当永远地为我们的子孙后代所敬仰和继承。

这与当代充满个人情调的小时代、小思想、小境界的私人化写作形成鲜明的对照。期待这首诗歌能与每个人心中的中国梦形成共鸣！

乐　说

《黄河大合唱》是冼星海最重要的也是影响力最大的一部交响乐代表作，作于1939年3月，并于1941年在苏联重新整理加工。这部作品由诗人光未然作词，以黄河为背景，热情歌颂中华民族源远流长的光荣历史和中国人民坚强不屈的斗争精神，痛诉侵略者的残暴和人民遭受的深重灾难，在展现抗日战争壮丽图景的同时，也向全中国、全世界发出了民族解放的战斗警报，从而塑造起中华民族巨人般的英雄形象。

《黄河大合唱》气势磅礴，具有鲜明的民族风格，全曲包括序曲和八个乐章，并由配乐诗朗诵和乐队演奏将各乐章连成一个整体。各个乐章之间从内容到音乐形象，既有相对的独立性，又有鲜明的对比。作品以抗日和爱国两个主题为中心，从深厚的情感和感人的艺术形象上一步步展开，直至宏伟的终曲，激荡的感情浪潮发展到了最高点。

整个作品虽然没有像歌剧那样有一个完整的故事情节，但它却有一个严密的戏剧性构思，给人一种强烈的矛盾冲突感。其矛盾冲突，前半部分为人与自然的斗争，即船夫与险滩、急浪的搏斗，后半部分则是中华民族与日本帝国主义之间的矛盾冲突。但两者是相呼应的，即通过人与大自然的搏斗表现出中国人民的英勇顽强，为中国人民战胜日本帝国主义，民族矛盾得以解决做了铺垫。整个作品就在于展示这个矛盾（《黄水谣》）、激化这个矛盾（《黄河怨》）、解决这个矛盾（《保卫黄河》），而这种矛盾的展示、激化、解决正是其戏剧性所在。

第二期

朱自清 《春》

［德］门德尔松 《春之歌》

朗诵：张　弛（上海大学社区学院青年教师）

春天是短暂的、易逝的，却并不悲伤，也不苦痛，这不仅仅是因为我们在记忆中还拥有一份春天的恒久的美丽，还因为春天激发起我们对自然的赞美、对人的赞美、对希望的赞美和对未来美好生活的憧憬与想象。不知道身处春暖花开、生机盎然的上海大学校园中的人们，感受到春天的浓烈与生活的热望了吗？赶快行动起来，大家一起描绘上海大学的春天吧！

春

朱自清

盼望着，盼望着，东风来了，春天的脚步近了。

一切都像刚睡醒的样子，欣欣然张开了眼。山朗润起来了，水涨起来了，太阳的脸红起来了。

小草偷偷地从土里钻出来，嫩嫩的，绿绿的。园子里，田野里，瞧去，一大片一大片满是的。坐着，躺着，打两个滚，踢几脚球，赛几趟跑，捉几回迷藏。风轻悄悄的，草绵软软的。

桃树、杏树、梨树，你不让我，我不让你，都开满了花赶趟儿。红的像火，粉的像霞，白的像雪。花里带着甜味，闭了眼，树上仿佛已经满是桃儿、杏儿、梨儿！花下成千成百的蜜蜂嗡嗡地闹着，大小的蝴蝶飞来飞去。野花遍地是：杂样儿，有名字的，没名字的，散在草丛里，像眼睛，像星星，还眨呀眨的。

“吹面不寒杨柳风”，不错的，像母亲的手抚摸着你。风里带来些新翻的泥土的气息，混着青草味，还有各种花的香，都在微微润湿的空气里酝酿。鸟儿将窠巢安在繁花嫩叶当中，高兴起来了，呼朋引伴地卖弄清脆的喉咙，唱出宛转的曲子，与轻风流水应和着。牛背上牧童的短笛，这时候也成天在嘹亮地响。

雨是最寻常的，一下就是三两天。可别恼，看，像牛毛，像花针，像细丝，密密地斜织着，人家屋顶上全笼着一层薄烟。树叶子却绿得发亮，小草也青得逼你的眼。傍晚时候，上灯了，一点点黄晕的光，烘托出一片安静而和平的夜。乡下去，小路上，石桥边，撑起伞慢慢走着的人；还有地里工作的农夫，披着蓑，戴着笠的。他们的草屋，稀稀疏疏的在雨里静默着。

天上风筝渐渐多了，地上孩子也多了。城里乡下，家家户户，老老小小，他们也赶趟儿似的，一个个都出来了。舒活舒活筋骨，抖擞抖擞精神，各做各的一份事去。“一年之计在于春”；刚起头儿，有的是工夫，有的是希望。

春天像刚落地的娃娃，从头到脚都是新的，它生长着。

春天像小姑娘，花枝招展的，笑着，走着。

春天像健壮的青年，有铁一般的胳膊和腰脚，他领着我们上前去。

（摘自《朱自清散文》，第164—165页）

蒙　思

“说起冬天，我突然想到豆腐。是‘小洋锅’（铝锅）白煮豆腐，热腾腾的。水滚着，像好些鱼眼睛，一小块一小块豆腐养在里面，嫩而滑，仿佛反穿的白狐大衣。……围着桌子坐的是父亲跟我们哥儿三个。……父亲说晚上冷，吃了大家暖和些。我们都喜欢这种白水豆腐，一上桌就眼巴巴望着那锅，等着那热气，等着热气里从父亲筷子上掉下来的豆腐。……无论怎么冷，大风大雪，想到这些，我心上总是温暖的。”（朱自清《冬天》）

如果让我谈谈一位喜欢的散文家的话，我愿意选择朱自清先生。这种没有来由的选择，很难一下说清楚讲明白。法兰克福学派的代表人物西奥多·阿多诺在《谈谈抒情诗与社会的关系》中写道：“抒情诗所表达的，并不一定就是大家所经历过的，它的普遍性并不等于大家的意志，它也不是把其他人未能组合起来的东西加以单纯的组合。抒情诗深陷于个性之中，但正是由此而获得普遍性，也就是说，它揭示了虽未被扭曲但却不为一般人所理解和接受的东西，并极为精辟地预见性地指出，人类社会不是恶的，生活在其中的人们不是极端自私、相互排斥的。”从某种程度上讲，散文诗是需要引起共鸣的，作者不仅仅是在写自己的生活，也是在反映一种共识的社会性形象与内容，它能引起我们对于美好生活的想象与热望，表达我们对于与现实世界不同的另一种幻想。因此，许多人眼中平凡的琐事与庸常的无聊，也就有了一份独特的韵味、一份温暖和一份深情的回味，也就有了散文诗含蓄内敛而又急盼分享的质朴本色。

朱自清先生貌似特别喜欢回味，喜欢寄情于景，流连于世间的一切事、景、人、物：“在‘忆之路’上愈走愈远，愈是有味；因苦味渐已蒸散而甜味却还留着的缘故。最远的地方是‘儿时’，在那里只有一味极淡极淡的甜；所以许多人都惦记着那里。这‘忆之路’是颇长的，也是世界上一条大路。”（朱自清《“海阔天空”与

"古今中外"》）因此，也就有了寒冷冬天的晚上，在屋子里昏黄的洋灯下，和父亲一起从热气腾腾的锅中，夹起白水豆腐，蘸着酱油，吃得别有意蕴的情趣。正是这样别有情志，才有了那一篇感人至深的《背影》——我们记忆中永远难以磨灭的血浓于水的亲情的慨叹。好的散文正如诗歌一样，不但充满诗情画意，字里行间也洋溢着浓浓的人性与人情美。郁达夫在《中国新文学大系·散文二集》导言中写道："朱自清虽则是一个诗人，可是他的散文，仍能够满贮着那一种诗意，文学研究会的散文作家中，除冰心女士外，文字之美，要算他了。以江北人的坚忍的头脑，能写出江南风景似的秀丽的文章来者，大约是因为他在浙江各地住久了的缘故。"李广田在《最完整的人格——哀念朱自清先生》一文中谈道："正由于他这样的至情，才产生了他的至文。假如他不是至情人，他就写不出《毁灭》那样的长诗。假如他不是至情人，他更写不出像《背影》那样的散文。"《背影》在中学生的心目中就是朱自清本人的代表，其中所传达的亲情是至真至善的，表面上看起来文字朴实无华，读起来却能到达人的内心深处，感动得我们不禁落下泪来。这样的作品是最能代表朱先生的。

亲情构成了我们人生旅途中永不消逝的生命力量，我们总想试图描绘它的面目，也想处处倾听它的呼吸，可是它总是沉着而又默然地走在我们的身边，无声而又无言，不到我们孤独无助、垂危老矣的时候，它决然不会闪现。亲情、友情、爱情成为朱自清主观生命世界中挥之不去的文化表征。我们的生命体验离不开他人的陪伴，生有涯，时有序，生命中的每个时间段，都离不开身边过往匆匆的友人、亲人的相助与扶持，当我们还年青时，我们只在乎忙忙碌碌地奔走赶路，看到什么都新鲜，都有趣，都急匆匆地要去尝试，仿佛我们能永远地停留在永恒的18岁一般。当我们逐渐远离年华灿烂，当我们不再单纯年青，所剩下的就不仅仅是激动不安、若明若暗的青春缅怀，还有我们不曾留意过的所有经历的和经过洗礼后的丰富情感经验。我们开始渴望亲情，希望有人陪伴，也希望抒发内心的情感，表达内心的体验。

朱自清先生曾把散文称之为“随笔”。之所以称为“随笔”，就在于其结构上的“形散神不散”，“散”与“不散”的辩证统一。在散文集《背影》的序言中，先生表达了他喜欢散文的原因：“散文就不同了，选材与表现，比较可随便些；所谓‘闲话’，在一种意义里，便是它的很好的诠释。”可见散文书写的方便就在于“自由”。但是“自由”并不意味着随便，朱自清先生的作品不但收放有度，也极为切合主题，看似零散，实则各部分之间联系紧凑，严丝合缝到了极点。这些特点集中表现在他的写景抒情作品中，写景为了抒情，也要“融景入情”“融情入景”。特别是他笔下的秦淮河、春、冬天、绿等等情景，在先生心中早已沉淀，注入情感，流淌在笔尖下就显得极为真切、传神。这些通过简笔、工笔手法描绘的风景画、风俗画，不求形似，却独具天然的韵味。正如《冬天》，在许多人的眼中，冬天无非是静谧、枯萎，了无生机，先生却能在这平淡的冬日之中注入一股暖意，化无形为有形。即使是在冰天雪地的冬季，热爱生活、热爱生命的人也可以融化了冰雪，“外边虽然是冬天，家里却是春天”，体味人与人之间最为温暖、真挚、相濡以沫的真情。

在评价朱自清先生散文特点的时候，很多研究者都认为朱先生是一位善于描绘丹青的高手，这充分体现在其写景状物的功力上，化虚为实、以虚为实、动静结合、移情换位、对照烘托，可谓妙笔生花。特别是在这首《春》中，春天本是无形的，转瞬即逝，既无情又无物，但在朱自清先生的眼中则是热闹非凡，化无形为有形。春天是什么？春天其实就是春草、春花、春风、春雨，是“刚落地的娃娃”，是“小姑娘”，是“健壮的青年”，是抒发自己对亲朋、挚友、妻女炙热情思的美好时节。

文如其人，现实生活中的朱自清先生是这样的：“既像一个良师，又像一个知友；既像一个父亲，又像一个兄长。他对任何人都毫无虚伪，他也不对任何人在表面上热情，然而他是充满了热情的，他的热情就包含在他的温厚与谦恭里面。”（李广田《最完整的人格——哀念朱自清先生》）

诗 说

朱自清（1898—1948），江苏扬州人。散文家、诗人、学者。原名自华，号秋实，后改名自清，字佩弦。1916年考入北京大学，1919年开始发表诗歌，1921年参加文学研究会，是五四时期最重要的作家之一。1925年开始任教于清华大学中文系，并开始从事文学研究，创作方面以散文为主。曾先后担任清华大学中文系主任、西南联大中文系主任。1946年，在黑暗严酷的现实面前，他成为革命民主主义战士。在反饥饿、反内战的斗争中，他身患重病，并于1948年8月12日病逝于北京，终年50岁。

我初读此诗，是十二三岁的时候，刚上初中，好像正是初春的样子，天气还是寒冷的。当时的感觉已经模糊，只记得在想，朱自清先生怎么会把春天描绘得如此热烈，如此美丽。若干年后，又是一个初春上午的时光，我再次阅读《春》，才发现自己曾经错过了那么多的春天，是因为年少时的春天过于匆忙，还是因为自己太过于焦躁，从

来没有回味过停留在心底的春天？但是，这首散文诗却重新引领我，回到那关于年少的久远记忆中去。

朱自清的《春》很适合于诵读，特别是在春意料峭、乍暖还寒的初春。读着读着，世界就热闹起来了，心情也变得春意盎然，开朗舒畅。对于“春”的描述，朱自清先生是下了一番功夫的。在语言上，讲究的是动词使用上的贴切、细腻、生动与活泼。特别是经过熔炼后的口语化的语词，不但节奏响亮、言简意赅，运用得也极为顺畅，清新自然。春天的韵律油然而生，并跳跃在每个人的心坎上。作者眼中的春天是艺术化、审美化、理想化的春天，是融入了作者强烈的个人感情与主观色彩的南方的春天。身处春的气息之中，怎么能不令人浮想联翩，充满激情？

春天是短暂的、易逝的，却并不悲伤，也不苦痛，这不仅仅是因为我们在记忆中还拥有一份春天的恒久的美丽，还因为春天激发起我们对自然的赞美、对人的赞美、对希望的赞美和对未来美好生活的憧憬与想象。

不知道身处春暖花开、生机盎然的上海大学校园中的人们，感受到春天的浓烈与生活的热望了吗？赶快行动起来，大家一起描绘上海大学的春天吧！

乐　说

德国作曲家雅科布·路德维希·费利克斯·门德尔松·巴托尔迪（1809—1847）是音乐史上一位才华横溢的艺术家，集钢琴家、中提琴家、管风琴家、指挥家于一身。他的音乐风格在具有古典精神的同时，融合了大量的浪漫主义情趣。门德尔松和莫扎特一样，也是属于神童级别的人物，9岁时便开始举办钢琴独奏音乐会，12岁时已经作品累累。他在短暂的一生中创作了大量的各种体裁的音乐作品，作品风格优美恬静、完整严谨，少有矛盾冲突、饱含幻想诗意，反映出他生活上的安定富足。

“无词歌”也被称为“无言歌”，作为门德尔松首创的一种小型器乐体裁，是浪漫主义标题性抒情钢琴小品的代表作。门德尔松一生总共创作了49首无词歌，大约创作于1830—1845年间。他把声乐中歌曲的体裁移植到器乐独奏曲中，并使其达到较高的艺术水平，使钢琴以甜美淳朴的曲调“唱”出了令人耳目一新的风格。旋律可以说是“无词歌”的灵魂，其音域接近人声，表现出了浪漫主义作品的主导思想——器乐可以像人声一样歌唱。“无词歌”的伴奏主体多以流动性的单一化音型贯穿全曲，这种方法能够使旋律在一定音型的伴奏下表露无遗，更加突出主题旋律的歌唱性。

这首被冠以《春之歌》标题的作品是无词歌中最脍炙人口的名曲，乐曲如同春天里和煦的阳光，绚丽多姿。流水般轻柔的旋律、小巧灵动的装饰音以及潺潺而过的伴奏，都烘托出了春天的美好意境和蓬勃生机，使听众沉醉于欢乐喜悦的情绪之中。

第三期

波　亚《七夕·雨》
［法］德彪西《亚麻色头发的少女》

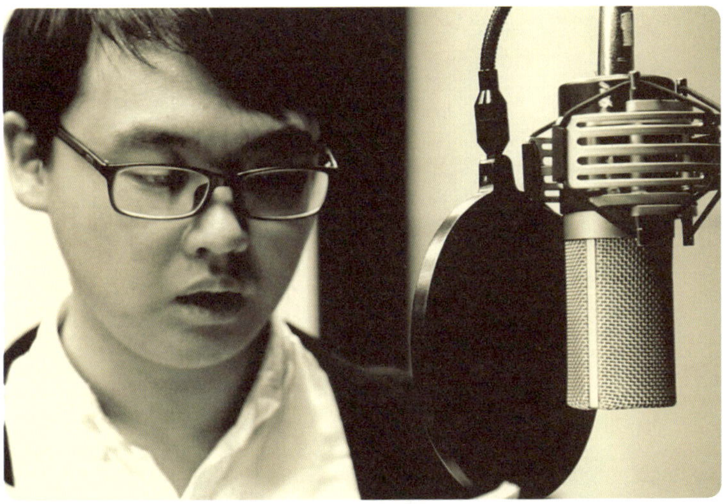

朗诵：波　亚（上海大学图书情报档案系2013级本科生）

今天的主题，借用雷蒙德·卡佛的书名，大概是“当我们谈论爱情时，我们在谈论什么？”给定一段岁月，不论多久，在它宣告终结的第二天，我们都会不自觉地发现，一切不过在一瞬间便悄然告别。其实，在这即将告别的青涩校园中，何妨去尝试一次哪怕有些许青涩的恋情呢？哪怕，为了我们因尚未青涩过而不显完整的青春；哪怕，为了黑暗中那一朵绽放……

七夕·雨

波　亚

这世界下起了雨
恰在
每一次盼望已久的七夕
就像
当我的心中想起了你
灰蒙蒙的空气
便在我的眼前泛起
白衣的美丽
被渐渐遮蔽

善意地隔开了
也许只有几个光年的时光
让有些斑斓的幼稚
溺死
在现实的甜蜜
猫是街灯下最美的少女
在夜暗的最深的时刻
微笑
淹没在苦涩的影子里

也许
我们的心中多少绝望
这世界美得
便有多少凄凉
轻微的重量
静静地
划过肩膀

或许
让我说出这轻微的爱意
哪怕音量均衡后
甚至比不过
电流袭击神经的快感
但也只是希望说出
晚安
就在这静谧的夜里

（波亚供稿）

蒙 思

我是写诗歌的，无论是作为一个文学爱好者，作为一个文学研究者，作为一个音乐表演艺术家，还是作为一个妻子。虽然诗歌写作者只是我多重身份中的一种，但却有一种神奇的魔力，能把相距远近的各种身份结合在一起，融进自己的生命之中。其实，在很多情况下，不论是写诗歌、进行文学创作，还是演奏各种器乐，都是在演绎一种生活，抒写一段人生征途的短暂历史。

无论你喜欢创作什么，都没有一种精神比热爱更能令你投入其中，忘乎所以；没有一种精神能比想象更能令自我深化，深入内心深处，打开探索心灵深处光荣的荆棘之路。创作能带给你一种前所未有的满足感，分享一种经历所产生的无与伦比的意义。我很享受向自己发问，我到底经历了什么，我又是如何选择了这些经历？我喜欢回忆，闭目仰坐在沙发中，静静地自由遐想，某段经历就会不请自来——我又遇见了他，我来过这个地方，我不喜欢目前的有些状态，为什么总要吃令人反胃的花椰菜……一个地方，一个事件，一种解释，一种情感经历，慢慢地一切回忆都奔涌而来，如同在森林中漫步，头顶上突然洒下一片阳光，或明或暗，使人心醉，也令人眩晕。这时候，我知道我需要分享它们，分享给愿意聆听的人，一些奇特的灵魂中的私衷将要表现出来——关于善与恶、痛苦与迷惘、欢乐或是忧伤、怒吼抑或是歌唱、憎恨与嫉妒、高明与卑贱、太阳与星辰。我不能控制自己，这些永恒与普遍的矛盾成为最基本的宣泄需要，我需要从回忆中走出来，才能继续上路。

我们就是这样奇怪的生灵，创作使人受到诱惑，但又令人无奈，想要克制，但是又没有止境，也看不到尽头。这样的经历既能令你无法释怀，也必能让文字肆意流淌，打动那些远离倾听的人。我想起了我小时候的一件事。那时我还在上中学，却要出国参加国际钢琴演奏比赛，这也是我第一次出国参加比赛。比赛的结果可想而知。我感到精疲力尽，想停一停，休息一下，不想练琴。我独自走到一座教堂，在内堂的阴影中，在傍晚的熹微中，我被唱诗堂中的钢琴演奏震撼到了。我感到乐章的活力开始在我的血管中流淌，我呼吸不到空气，窒息得要命，我不敢大声说话，深深陶醉其中，仿佛在山谷中坠入梦境一般。这种气氛把我的精神带到了原初的世界，我感受到艺术的纯真魅力，是一种痛苦、牺牲与爱交织在了一起。我忽然意识到了这不仅仅是音乐，而且是一种召唤，一种难以排遣的情绪需要抒写，最后我让文字记录下我的渴望，我急切地想回到我的祖国，我的音乐是属于我的国家的，我要成为我生命的主人。类似的经历总能触动我们心灵深处的共鸣，我要学会去接受这种奇特的经历，挖掘这一经历中的千言万语，赋予我们的文字以具体的想象。

更多的时候，我们在有了不期而遇的惊喜以后，一种想法，一种感悟，一种情感足够强烈，也有了诗人所说的灵感顿悟的境界，却无法给这种经历命名，在这种奇特的时刻，我们的语言却不足以表达出这种邂逅的欣喜若狂，愤懑暴怒，尽管有千言万语涌上心头，烧灼我们的头脑，文字如同雕塑一般，无法倒出我们的所思所想。此时，你开始与写作做困兽之斗，你将经历一些苦恼，而且这种感觉你会经常遇到。

每到此时，我都会想到我的博士论文写作。这是一个过程极其复杂、充满坎坷，但又非常重要的旅程，我非常愿意和大家分享这一写作过程。每次回想这段经历，总能给予我很多鼓励，重新发现自己的生活方式，重新梳理自己的想法，重新思考我们置身其中的情理世界，重新理解我作为一名教师或者是一名研究者的职业身份。正是通过这一学术经历的历练，我学会了如何主动地发出自己的声音与想法，将自己的写作与自己生命中正在进行的生活进行整合，通过主动发现写作中的问题，学习如何写作，如何对待写作，又如何把写作融入繁忙的工作与操劳的日常生活中，而不是被动地顺从于已有的命令与规则。

我以往经历过的写作过程，许多是虎头蛇尾，半途而废，并时常伴有负罪感。显然开始并不意味着能够坚持完成，这个事实常常成为困扰我完成写作的重要障碍。在开始进行之时，我们往往充满激情，也愿意把想法付诸实践，但是随着时间的消逝，激情慢慢开始丧失，工作与生活中的琐事，消耗着我们仅有的一点精力，我们会时常倍感压力，想法慢慢付诸东流，结果就是一无所获。我们最初的激情与自信并不一定能有好的结果，或者至少是结果令人非常不满意。因此，写作并不总是给人带来快乐、创造力、永恒与伟大。写作可能会成为一种矛盾，一种无止境的反复，并随着写作的推进而逐渐显露出来。如果不能及时克服这种恐惧感，我们有可能就会放弃许多极有前景的研究和许多具有潜力的创意。当然，这一切都需要你坐下来开始写作时才会有切身的体会。

也许，我们需要一些改变，因为我们在自己的写作中经历了各种纠结、挣扎、烦恼和不安全感。我们不再把写作看成是一种知识、观点、信息的简单呈现，而是一种创作性的过程，通过我们的写作，能够反思自己的想法，带给别人一种人性上的关怀。通过写作，我们能创作出一种丰富的、具有建设性的批判，给人以启迪和收获。通过写作实践，我们能够以一种特殊的方式鼓励需要帮助的人重新塑造自己。也许这些实践经历，能够帮助我们成功地克服写作中的压力与折磨，进入一种积极的、引人入胜的写作世界。

校园写作，对于一些学生来说，可能是其生命创作的起点。校园作品因此成为学生们抒发情感、阐释社会现实，建构价值观与伦理观的最有效的方式。而诗歌，毫无疑问地成了当代校园诗人生命体悟的一种折射，是一种有别于其他身份写作的独特品格。身处校园环境中，我们的写作更需要培养与历练，更需要表达诚实与诚恳，任何艺术创作的延续与发展并不意味着是一种单一的指向某种结果的线性过程，而是一个模仿、学习、借鉴与不断创新的过程。我相信，从来就不存在什么天才诗人，任何的写作技巧，风格与形式，都来自于训练，来自于日复一日，年复一年的重复的写作。

我的经验告诉我，每一位满怀希望，渴望成为诗人的年青人经常遭遇一些令人沮丧的告诫：你也许永远也难以成为一名诗人，因为你缺少必要的品味、生活阅历、想象力以及任何一种成为作家的特殊能力，天才是教不出来的。由此，你陷入了失望的沼泽。也许重要的是如何发现自己的风格，自己的节奏，自己的信心，在积累中不断成长，认真地对待你的写作，对待值得你思考的问题。也许你会发现，其实你也会成为一名伟大的作家！

诗 说

波亚，真名高伟博，乌鲁木齐人，上海大学2013级图书情报档案系本科生。少时即喜读书，文学历史皆有涉足，从初中开始投身于现代诗的创作，摸爬滚打，缓缓前行。曾任上海大学文学院震雅诗社社长，参与诗社社刊《01年》创刊，主持年度上海青年诗人交流会等活动。

到底什么是诗？对于这个问题的回答，无论如何都难以找到一个终极的答案，但也许可以这样说：在任何一个具有独创精神的诗人眼中，诗总是用来感受与传情的。表达情感的方式千千万万，诗歌总算是其中的一种吧。

人类的爱情，或者说爱情观，始于心理却终于传达。对待爱情的态度，在各个民族、各文化传统之间，总是千差万别，但又总会闪现惊人的相似之处。不论是爱慕于心，还是勇敢追求，爱情诗歌总会把繁复的情感表达得淋漓尽致。也许你喜欢含蓄、婉转、迂回通幽、对爱情不现一字的表达，也许你更善于大胆、坦率、轰轰烈烈的表白，不论哪种表现形式，创造意蕴，借景抒怀，都是爱情诗歌的共同特点。

这首《七夕·雨》出自波亚这位校园作家之手，是时下年青人的一种情感萌动，它的表达并不复杂，却极为真切。歌德曾经说过："哪个少女不怀春，哪个少男不多情。"在大学校园中，邂逅爱情，追求爱情，拥有爱情，是每一位大学生希望实现的理想。爱情不会总是静静的没有言语的，停留在心底或是记录在便笺之上。不要忘记，爱情传奇在现代社会是可以通过我们的微信平台鸿雁传书的！

乐　说

阿希尔·克劳德·德彪西（1862—1918），是19世纪末20世纪初欧洲音乐界颇具影响的作曲家、革新家，同时也是近代“印象主义”音乐的鼻祖，对欧美各国的音乐产生了深远的影响。

德彪西自幼年起即受到印象派艺术的熏陶。他在马斯奈等前辈作曲家开创的法国音乐传统的影响下，结合了东方音乐、西班牙舞曲和爵士乐的一些特点，将法国印象派艺术手法运用到音乐上，创造出了别具一格的和声，这对自他以后的作曲家产生了深远的影响。

在他的作品中已看不到古典主义音乐的严谨结构、深刻的思想性和逻辑性，也看不到浪漫主义音乐的丰富情感，取而代之的则是奇异的幻想因素、朦胧的感觉和神奇莫测的色彩。他的和声细腻、繁复，配器新奇而富有色彩，旋律略带冷漠飘忽的感觉，这都是古典主义音乐和浪漫主义音乐所不具备的。德彪西一生创作的作品虽然不多，但

他的作品每首都有其突出的特色。他的许多作品已经成为“印象主义”音乐的典范，其中著名的有：歌剧《佩列阿斯和梅丽桑德》，管弦乐曲《牧神午后》《夜曲》，三首交响素描《大海》，钢琴曲《版画集》等，此外还有一些声器乐和室内乐作品。

《亚麻色头发的少女》又称《棕发少女》，该标题出自法国诗人勒孔特·德里尔（1818—1894）的《苏格兰之歌》中的一首同名诗歌。音乐素材来自于法国印象派大师雷诺阿的同名画作。德彪西的作品拥有法国音乐的细腻和精致，《亚麻色头发的少女》这部作品很好地展现了这些特点。这部作品描写的是，坐在鲜花的越橘树丛中的遥远爱人的温雅和妩媚姿态。在这首前奏曲中，德彪西充分发挥了其印象主义风格的创作技法，向我们展现了一个纯朴、美丽、温柔却又朦胧得仿佛是在幻境之中的少女形象。

第四期

朱　珐　《〈诗经〉今译——〈诗经·国风·召南·行露〉》
［法］拉威尔　《悼念公主的帕凡舞曲》

朗诵：杨宇男　（上海大学材料科学与工程学院2013级本科生）

今天带来的，是一首诗经的翻译。“思无邪”，是那个古典时代最洁净而灵透的注释，也因为我们今日所处的环境而更令人向往和陶醉。我们本以为这样本真的神韵在经过千年之后再难寻回，然而直到我们遇见，那古远的音韵，被我们今日的语言完美地缓缓念出……

《诗经》今译——《诗经·国风·召南·行露》

朱　珐

黑夜孕育的露水不只是眼泪本身。
就在你双眸一开一合之间，
青草杂陈的道路延伸曲折，
偏爱远方。
我就要前行，
你多保重，
去往你视野之外的远古陷阱，
我决定将它命名为思念，
用以刺痛我多愁多虑的额角。

黄雀啄过，
青草偃伏。
穿越你弥散在密闭空间里的伤感，
白天和黑夜便要失去稳定的节奏。
我们理想的房子，
一间间接龙的房子，
反复出现在诺言中的房子，
倒伏在你身上，
和我越来越小的影子里。

时间的锐角夹杂在黄色鸟羽中腾身飞远，
正如我的马，
长着鼠辈号称尖利的牙齿，
撕裂道路与景物的联络，
它那么想帮我摆脱你对我的诉讼。
在一个人的牢狱中，
我低头坐在马背上，
仓皇看不见自己的身体正加速度，
远远离开你无助的追随。

（波亚供稿）

蒙 思

好几年不曾读“诗”了，不经然间看到别人推荐的《〈诗经〉今译》，才想起，这些柔美的诗歌原来就在此间停留，我却从未经意，让它慢慢流逝，懒洋洋地停留在了角落。我们不禁为之遗憾，却又莞尔：什么时候我们创造了“诗”的传统，在两千年的漫长时光里，历经战火纷飞，朝代更迭，却仍旧被人们搜集、整理、修订；青灯古卷，人们爱惜它、呵护它、琢磨它，最后把它奉为经典，成为《诗经》？这美丽的诗歌又有什么魔力吸引世人尊崇之，并在之后的封建时代以其经书地位示人？在《诗经》研究者中，历代成癖者不计其数，历代文人的诗评、序跋、札记中不乏传播、阐释、研究其文学价值的一面，另一方面又赋予其典礼、讽谏、娱乐的现实功用。我们熟悉的风雅颂、赋比兴，又隐喻着我们伟大民族古老文化哪些古老奥义，体现着我们民族哪些思维方式与价值观念，以至于直到今天，我们仍旧不能不喜爱它、珍视它，珍视它的深奥玄妙，珍视它朴实无华的艺术技巧，并从中寻找一份遥远的寄托与自我的力量呢？

关于《诗经》，在其结集和经典化的过程中，特别是汉代，因独尊儒术而使其地位神圣化后，《诗经》这部先秦古籍一方面得到完好的保存流传，另一方面却遭受到了经学生们的曲解附会，树立起卫道标杆而掩盖了《诗经》本身具有的多方面价值。直到20世纪，中国社会发生了巨大变革，辛亥革命彻底打破了封建帝制一统天下的局面，随着新文化运动的蓬勃发展，《诗经》研究也进入了与封建《诗经》学有着本质区别的现代《诗经》学的新时期。这一时期，在推翻传统经学固有教条的时代氛围下，一股倡导恢复《诗经》本义、运用现代语言学阐释方法研究《诗经》的思潮，引领《诗经》研究进入了一个以现代学术思想和现代学科方法作为指引的新的研究阶段。一方面，人们肯定《诗经》独特的审美价值与文化价值；另一方面，开始运用曾经所忽略的研究视角与研究方法对《诗经》进行多层面、跨学科的综合研究。回顾近代中国所走过的现代化之路，中西文化的碰撞无疑是一个持续不断、交替反复的过程，汪澍白在《二十世纪中国文化史》中总结道：“从外表的物质层面开始碰撞，进而触及中间的制度层面，最后才渗入到精神的里层”，构成了动摇国民心理结构、审美意识、思想观念的常见方式。而文学观念的转变也离不开语言文字的变革，白话文的倡导直接促使古典文学研究发生了巨大改变，摆脱文言文的桎梏，古典文学领域中一种新的研究理路出现了，“古书今译”也由此繁荣兴盛起来。以这种方式整理古典文献，更容易为普通民众所接受，也激发出别具特色的研究书写风格。特别是建国后，大量古典文献以这一研究形式出现，古典文献研究由此焕发出新的生机与活力。

对《诗经》的介绍，大到文学专业书籍，小到街边通俗读物，无非是教科书般的“精确的”文字描述：我国第一部诗歌总集，最初称为《诗》，汉代奉为儒家经典，被后人称为《诗经》。这一规范化、程式般的信息描述，在这个纷杂变化、“后”字当头、新媒体层出不穷的时代，忙忙碌碌之后，谁还有耐心去阅读《诗经》学经典呢？在市场功利化的诱导下，《诗》在何种程度上能与我们的生活产生关联，如何能够接近我们的生活阅历？那些曾经的真实经历，能否成为表现我们今天情绪、体验，难以捉摸、神秘莫测的新世界的新方法呢？这种功利的思维方式带给我们的是永久的伤痛，我们忘记了审美愉悦、认知能力、普世价值源于对经典文献的阐释与想象，当代看似颇为后现代的视觉艺术、电影制作、批评理论、音乐与舞蹈表演的灵感，实际上大多取自于上古时代的经典文献。

我们不能就这样粗暴地摒弃、拒绝与历史经典的对话，自我放逐于“于我何干”的软弱、轻信、冷眼与不屑之中。在古旧文化、伦理价值坍塌之时，我们更需要鼓足一份勇气，认识内心深处的恐惧，承担一份风险，逼迫自己重新审视一直赖以生存的价值观，也许用我们今天的眼光重读《诗经》，来一次《诗经》今译，用诗的品格超越世俗的喧嚣与浮躁，可以抵达隐没在重重雾霾之下的精神彼岸。

我们很难说是《诗经》选择了我们，还是我们选择了《诗经》。无论西学的现代性成就有多高，我们都无法释怀、放弃影响了我们一辈子的中国人的情感结构、道德观念、价值判断以及生活方式。从内容上说，《诗经》是充满感性的、是激情勃发的，《诗经》中，我们既能看到生活中的“饥者歌其食，劳者歌其事”的辛酸苦辣、喜怒哀乐，也能看到贵族阶级传达、宣扬某种阶级观念与道德信仰的虚伪或崇高，但是大部分作品都能情动于中而形于言，以诗言志，而这一诗学品相也决定了《诗经》的解释与考据很难摆脱统治阶级的意志与声音，《诗经》也就和其他儒家经典一起成为知识分子考取功名、进阶官位的必读教材。

我们赋予《诗经》经典地位，并不是想确立其本质地位，追认其民族历史、民族情感最原初的道德感与价值观，而是以一种全新的视角重新书写《诗经》的现代价值。《诗经》被称为“经”，不只是作为一部儒家重要的思想哲学著作，一部诗歌总集，它还是一部大部头的关于初民的历史演绎，关于一份真切的存在于巨大历史叙述缝隙之中的我们能够感同身受的不变的理想与追求，一种对未来美好生活的向往与探索。在诸多反复而斑驳的历史记录中，尽管一代又一代人

在书写自己的历史并试图铸造自己的历史地位，但却很少还能找到一个属于人民一代的历史叙述。在《诗经》中，还算幸运，我们看到了那个时代关于“我们”的身影，关于贫乏寂寞，关于正午时刻怒放的生命，冬日灰蓝天空下的劳役与休憩。《诗经》记录了农耕时代先民的劳作、历法、战争、民俗，关于生活中的喜怒哀乐，悲伤痛苦，怨愤激越，绝望思念，我们生活中的琐碎，角落中的徘徊，点点滴滴的感情都能在《诗经》中找到互通之处、经典的映射与回响。深读《诗经》，你会慢慢恋恋不舍，“老夫聊发少年狂”，你会发现我们的过去、现在、未来，日久天长、鬓有白发的沧桑，苦难但仍旧放弃自我抗争的权利，既往至于今天就是一部黑白电影，寻找着给我们自我命名的一段真实的显影。

正如这篇《诗经·国风·召南·行露》，一篇以女性口吻述说的诗篇，你总会被其深刻的叙述打动，一份永恒传递下来的可敬可爱，一段关于抗争男权、夫权、统治阶级意志的历史。这不是悲剧的开始，但却是悲剧可能结束的开始，一种结束两性不平等的可能性。《诗经》中还有很多反映此类故事的诗篇，我们运用现代白话重新书写这段痛苦却坚强的抗争之路，是否仍旧能引发大家的思考与共鸣呢？

诗　说

朱玹，男，上海人，文学博士，任教于上海师范大学。三次徒步，将生命中的三个地点连缀起来：金山卫镇、上海师范大学、扬州大学。朱玹小时候就崇拜探险家，他们的文字是朱玹的启蒙读物之一，而徒步过程中的异域与田野是马可·波罗和《一千零一夜》的延伸。

谁说中国古代没有女权意识？我们可以从这篇《诗经·国风·召南·行露》一窥其貌。现代意义上的女权运动起源于18世纪末的西方妇女解放运动，与西方启蒙运动的发展息息相关，其目的就在于解释与根除男女两性不平等的社会地位与权利关系。因为，女性的边缘位置与第二性地位在父系时代是跨历史与跨越文化的普遍存在，所以，在不同年代和不同文化中，挑战和抗争男尊女卑的性别文化秩序从来就没有停止过。

《诗经》是我国第一部诗歌总集，大部分诗歌完成于春秋时代。《诗经》研究历久绵长，并有《诗经》研究的今文学派与古文学派之争，《诗经》很早就被立为官修文学。

“国风”中的“风”是乐曲统称，“国风”意为华夏诸国的乐歌，“召南”是以地名命名的诸侯国，意为召公所治的南国，“行露”为篇名。“国风”中多为反映民情、讽刺施政之名篇。

《行露》是“国风”中众多叙述女性主体意识成长的作品之一。关于这首诗的主旨，历来颇有争论，但是大多认为该诗无外乎传达出父系社会女性受剥削与压迫的不平等的社会现实状况。时至今日，当我们读起这首诗歌时，仍会感受到这位叙述者强烈的抗争意识。而这首通过现代白话文改写的《行露》，是否别有一种气韵呢？期待大家更多的评价与想法。

乐　说

杰出的法国作曲家莫里斯·拉威尔（1875—1937）出生在比利牛斯山谷靠边境的一个小城西布恩。他的父亲是个有瑞士血统的法国工程师，曾应聘去西班牙搞铁路建设，在那里认识了一位西班牙巴斯克地区的姑娘马丽·德劳特，他们结成了夫妇。小拉威尔出生才几个月，全家迁往巴黎。三年后，添了弟弟爱德华。父亲爱好音乐，想培养两个儿子成为音乐家，结果只有莫里斯走上了这条道路。拉威尔像德彪西一样也否认自己是印象主义者，然而他的确不能算是印象主义者，他的曲子还存有巴洛克时代的对位意识，精密而巧妙，斯特拉文斯基就曾说“拉威尔就像一只瑞士钟表”。而由于拉威尔的局限性，他的曲子大多以神话传说、妖魔鬼怪为主题。然而拉威尔公认且自认的还是他杰出的配器技巧，他的每一首钢琴曲都是以管弦乐配器的思路来创作的。

拉威尔描述这首作品为“呼唤小公主灵魂的帕凡舞曲，也许在以前，她曾随着音乐在西班牙的庭落下舞蹈”。帕凡是一种缓慢的、在法庭上跳舞用的游行舞曲，在16—17世纪的欧洲大陆曾广受欢迎。

这首很短的古风作品并不向历史上任何一位确切的公主致敬，但传达出对西班牙式传统和敏感的感念。拉威尔同时期的作品大量涌现出同样的情感，在他其他一些作品如《西班牙狂想曲》和《波丽露》中也能找到同样的东西。

拉威尔将这首帕凡献给了他的客人——波丽妮雅克夫人。在1900年发布时，曲子仅仅引起很小的关注，直到西班牙钢琴家韦涅斯1902年4月5日的首次演出，作品才变得非常流行。

第五期

[美] 罗伯特·弗罗斯特 《未选择的路》
[法] 马斯涅 《沉思》

朗诵：龚思怡（上海大学党委副书记、副校长）

“行路难！行路难！多歧路，今安在？”人生之路，大抵如此，古人早有感慨。沧海桑田，世事变迁，美好的日子总是短暂易逝，恒久不变的却是生命成长过程中不断逼迫的选择与困惑。面对漫漫求索之路，我们是退后一步选择放下，还是义无反顾地勇往直前，也许诗人会给我们一份可敬与亲切的答案。

未选择的路

［美］罗伯特·弗罗斯特

黄色的树林里分出两条路，
可惜我不能同时去涉足，
我在那路口久久伫立，
我向着一条路极目望去，
直到它消失在丛林深处。

但我却选了另外一条路，
它荒草萋萋，十分幽寂，
显得更诱人、更美丽；
虽然在这两条小路上，
都很少留下旅人的足迹；

虽然那天清晨落叶满地，
两条路都未经脚印污染。
呵，留下一条路等改日再见！
但我知道路径延绵无尽头，
恐怕我难以再回返。

也许多少年后在某个地方，

我将轻声叹息将往事回顾：
一片树林里分出两条路——
而我选了人迹更少的一条，
从此决定了我一生的道路。

（摘自刘湛秋、雷霆编：《世界抒情诗选》，第192—193页）

蒙　思

又是一个轮回，辗转我已而立之年，当我下定决心要写下对这首诗歌的感悟的时候，于我，并非易事。这首诗歌质朴至极，却能让每一个热爱生活的人感同身受，令每一件往事历历在目。

我普通至极，既非名人，也非显贵，人生路途也才刚刚启程，实无立传的抱负与胸襟，更不愿意以些许成就自居，只是想，作为一个经常为各种无厘头的理由做出迫不得已的选择而后悔的平凡普通人，留点自己的经验教训，以此鼓励自己和别人也是好的吧。在我不足向别人称道的个人经历中，30岁是生命中极为绚丽而又静谧的一个年头。这一年我悄悄走出了象牙塔尖，在母校获取了博士学位，没有欢送的掌声，没有留恋不舍的眼泪，一切都源于母校给了我一个工作的机会。这一切在别人看来都极为幸运，而又光荣至极。这一年我初为人妻，又有了一份独特的生活职责与生命选择。也正是彼时，我遭遇到了从未有过的生命性放逐，我一向精力充沛的身体并没有想象的那么健康，身体的零件在日复一日的劳役之后，时常出现各种莫名的隐痛，令人尴尬不已；而工作也并非如鱼得水、一帆风顺，而是经常被喧闹不停的各种安排、谈论、约稿、彻夜的长谈所占据。这一切都与我之前的学生身份和钢琴教师工作大相径庭，这一切就在我还毫无思想准备，又无功利之心时，就那么突兀，难以言说又难以拒绝地挤进了我的日常生活。我逐渐变得有些焦躁、怀疑、迷失，不知道自己的选择是否配得上自己曾经奋斗过的理想，是否值得自己辛劳付出的专业努力。有时看似圆满、平顺，其中的落寞与一瞬间的手足无措，经常令我莫名忧伤。有时，我会选择远离，让自己在时间的缝隙中，忘记所有的台前表演，进入无意识的虚无之中，偷得浮生半日闲。我其实只是一个在场的缺席者。

年龄在增长，阅历在增加，我却越来越愿意回忆过去，解析自己，“过去”就成为我们生命记忆中挥之不去的“梦魇”。在这幅色彩斑斓、无忧无虑而又异常忙碌的生命镜像中，我一直在不停求索，踟蹰前行，我总是在想象自己是怎样选择走到这条艰辛而又无奈的不归路上的……

对不起大家，我忘记交代自己的过去了，也没有叙述我现在的工作，现在是该停止颠倒措置的无序神叨，是该回到关于选择的主题上了。这是有关于我们人生道路的抉择与收获的故事，是把过去延伸到现实之路中去的一种尝试。

如果说人生是一部关于奋斗的演出的话，那么，我会说我颇为幸运，因为我曾经身处舞台的中央，穿着华丽而令人艳羡的演出服，行使着别人难有的特权与技艺——演奏钢琴。应该说我是喜欢古旧的舞台的，喜欢那种迷人的、淡淡的、飘着清香的钢琴的味道。过去的30年的练琴之路，是一道必须去正视、去思索而又令人眩晕的深谷，我在其中不停地奔波、突袭，幽灵般地出没。我执着于日复一日的反复，痴迷于快乐而又跳动的音符，一切的遭遇与记忆都与钢琴有关，一切有关时间的链条上，都凝结着无尽的重复，我生命中所有的空间都被乐符、节奏、韵律、乐感、稳定性、张力所叠加。在无限轮回中，既为演奏技法的提高而兴奋，也有历尽艰难演奏后的神疲倦怠。有时候，我非常享受舞台上别人投来的凝视、赞许、鼓励的目光；有时候，潜抑下来的却是无法言说的、太过真切的、一份与艺术有关的痛苦迷恋，一种魔咒般无法释怀的压力，一段疯狂的学徒之路。我是如何选择走上这条艺术之路，这期间又交织着怎样的切肤之痛，其中的选择与遭遇又是怎样的呢？

那是一个颇为清冷、阳光如洗的午后，我和父亲穿过梧桐叶纷飞的上海复兴中路，这条后来我曾经寻寻觅觅，寒来暑往，匆匆忙忙走过无数次的路，在那偶然的一瞬间，却注定了与我结缘。那一刻，我被一阵悠扬的钢琴声所吸引，急于寻找琴声的来源，如同一次惊喜的旧友重逢。那时，我已经4岁了，对于钢琴一点也不陌生，因为家里早就有了一台，在我出生以前就安静地伫立在书房正中位置。母亲从我呀呀学语之际，就无比期许地、反复地给我述说有关这架钢琴的故事，她对这架钢琴注入的繁复的情感、爱恋、渴望以及人生理想远大于我。我已经记不得什么时候开始正式练琴了，这一点母亲显然比我记得清楚，但这并不重要。也许，我不能释怀的并不是练琴的单调、枯燥与艰辛，不是一向悠然、安静、自在的母亲突然变得目光灼灼、暴烈无比，不是自己技法无法提高时的孤独与无助，而是那扇无法跃出的大门，一个兽笼般的房间，一个永远回不去的，孤独的只与琴声、桑树相伴的童年。钢琴就这样一步一步融入到我的生命之中，融入的过程堪比机械运动般地按部就班，雷打不动。当时钢琴课的收费是每节课50元人民币，每次上课我都如履薄冰，但我和父亲仍旧如同刚烈决绝、勇武赴死的战士一般，毅然决然地走在复兴中路这条通往上课地点的道路上。我急迫地，有些磕磕绊绊地跟在父亲的后面。从此，我头顶的蓝天换成了父亲的背影，梧桐树叶在风中沙沙做响的声音被父亲强健有力的脚步声所掩盖，这一切都慢慢地固置在我的生命之中，不管我到哪里，不管我身处何处，那风尘仆仆的影像，今生今世都难以磨灭。可怜父亲每个月的工资只有300多块，一眨眼的功夫，就被我消耗殆尽，多亏我那时不懂货币的交换价值，要不然，我一定拦住父亲，拉着他去淮海路上的哈尔滨食品厂买好吃的蛋糕和杏仁排，去光明邨买甜腻的冰糕，去五芳斋买糯而不烂的香粽。屡屡飘过的香味，我那时候怎么就一点都不心动呢？少年时代的故事就是这样单纯无邪，我无法做出选择，也没有能力做出选择，人生的道路到底该如何前行，我无从把握也无从规划，只记得有高大的父亲在身前领路，有严苛的母亲和老师在身后敦促，我需要做的就是练好琴，至于练好之后呢？直到今天我不也还在寻找之中吗？

钢琴我练得确实不错，各种奖项慢慢到来。一度魔咒般困扰我的演奏压力慢慢变成了奥林匹克口号：更高，更快，更强。演奏由此演变成一种使命感，这种复杂的情感一直陪我到上海音乐学院本科毕业。大学四年的专业学习，让我更加懂得了音乐与生命的关系，每次演奏都是一次自我救赎与自我选择，我的演奏要能抓住观众的情绪。虽然我不想成为明星，但一定要成为音乐会中的主角。我对每一个乐句都烂熟于胸，了如指掌，我享受着黑白键盘在我手中轻轻滑动着的感觉，我习惯性地在节奏高潮时眉头紧皱，激情喷发。要想征服听众，首先要征服自己。身处偌大的演奏厅中，我时常忘记了时间，忘记了空间，忘记了临场压抑的紧张气氛，恍惚间我时常不知道自己身处何处，不知道是在演出还是在比赛。在演奏中，我唯一能感受到的是自己内心的呼唤与渴求，对于钢琴演奏的热爱与执着。每一场演出都成为镜城中错落有致的幻影，一旦演出结束，我和钢琴的爱恋也即将结束。其实，尘世中的生活才是我每天要面对的真实世界。

大学四年，我们钢琴表演专业全国只招收七个人，毕业意味着你将离开校园走向就业市场，意味着一次人生重大抉择的到来，我从没想过离开我所热爱的音乐表演事业，我毫不犹豫地选择继续深造。硕士三年我仍旧过得极为辛苦，练琴、表演、参赛，每一次演出机会我都争取参加，都把自己置身于濒于迷狂的境地之中，谁也不能剥夺我对钢琴演奏的热爱，谁也不能理解我对音乐的痴迷与投入。最重要的是，硕士三年学习，我不但收获学业，也收获友情，她们不单是音乐会上的好搭档，也是生活中的好姐妹、好伴侣。

人生如戏，这一梦就是20多年，梦醒之时，我已经博士毕业，留在大学，进入到党团工作的队伍中去了。这次人生抉择在别人看来又

是极其意外的，究其原因，终究是离不开对校园和对艺术的热爱，离不开兄长亲朋对我的关爱与支持，放不下对艺术、对生活热烈追求的初衷。博士读的是中国现当代文学专业，工作做的是校园文化建设，每一次选择看似远离初衷，其实从未离开，种种经历让我的学识更为丰富，专业素养更为扎实。再回首曾经充满坎坷的跋涉之路、过分局限的艺术追求，这一切都不曾预期，但最终工作能被认可，收获爱情、婚姻，家庭的和谐美满，无疑也是人生大幸事吧。

罗伯特·弗罗斯特这首《未选择的路》也许能指引辗转经年的我们，进入一种人生全新的航道吧！

诗　说

罗伯特·弗罗斯特（1874—1963），美国20世纪最受欢迎的诗人之一，当过鞋匠、教师和农场主。他的诗歌经常从农村生活中汲取题材，与19世纪的诗人有很多共同之处。他曾赢得4次普利策奖和许多其他的奖励和荣誉，被称为“美国文学中的桂冠诗人”。只是在他的后半生才赢得大众对其诗歌作品的承认。在此后的年代中，他树立起了一位伟大的文学家的形象。代表作品有《诗歌选集》《一棵作证的树》《新罕布什尔》《西去的溪流》《又一片牧场》《林间空地》等。

人最怕的是孤单寂寞，也怕不停地做出选择。但是，我们为什么要迫不及待、踌躇满志地做出选择呢？因为选择，不仅要面对自己，也要考虑别人。有些选择，我们早已习以为常、不以为意；有些选择，我们却终身难忘、刻骨铭心。而这转瞬即逝的体验与思虑都被诗人分毫不差地把握住了。

《未选择的路》出自弗罗斯特的诗集《Mountain Interval》的第一首，它是诗人最为著名，也是饱受争议的一篇作品。诗作的创作契机来自于日常生活中一次友人间再平常不过的乡间散步经历，却引发了作者无限的思考。而这种思考不会停止，它不仅困扰着诗人，也困扰着每一个踟蹰前行、无法停留脚步的人。诗人在一次演讲中提到，这首诗写得有些蹩脚，它并不那么令人愉快，看似朴实、平凡的语句却又让人琢磨不透，感觉沉重而又前途未卜。因此，有人把这首诗看作是诗人人生道路抉择的自白，或是其人生艰难、现实困境的真实写照。

乐 说

20世纪90年代，英国一本著名的古典音乐杂志评选有史以来最著名的20部小提琴曲，法国作曲家马斯涅的《沉思》进入前十。朱尔斯·埃米尔·马斯涅（1842—1912）出生于卢瓦尔省靠近圣艾蒂安的一个高级工程师家庭。他1878年36岁时当选法兰西院士，生前即名满欧洲，堪称一生顺遂。他当年写下的多部歌剧，屡次引发轰动，好评如潮。但是随着时代美学趣味的烟消云散，马斯涅的世界终属难得重现的逝去的风景，唯有这首《沉思》驻留不去，也算是一种救赎吧。

这首今名《沉思》的小曲选自马斯涅当年著名的歌剧《泰伊思》。歌剧《泰伊思》改编自作家法朗士的小说，表达信仰与肉欲冲突的主题。名姬泰伊思在一名圣僧的感召下决定侍奉上帝，而这名圣僧却无可救药地爱上了泰伊思，不可自拔。尘世之爱与天国之爱，究竟该怎样选取呢？诗人艾略特说，火焰与玫瑰从来不能合一，可见西方文化的二元冲突遍布社会、历史、文化的方方面面，包括爱情。《沉思》里那动人心弦且干净透彻的音乐线条表达的正是名姬泰伊思从个人幽暗到化蛹为蝶的内心历程。这一优美的旋律，除用作间奏外，在剧中也经常出现，以提高剧中气氛。

乐曲结构简单，为虔诚的行板，全曲始终流露着一种虔诚的宗教色彩。乘着钢琴清澈的分解式和弦的伴奏，主奏小提琴奏出了极富抒情性的旋律主题，这一主题在原歌剧中多次出现。在乐曲的中间部分，旋律在经过了热情而又激动的变化之后，再度出现最初的抒情旋律。最后，整个乐曲随着G弦泛音的微弱音响慢慢结束。

第二季

和校园说再见
和未来说你好

第一期

梁启超　《少年中国说》（节选）
张　晴　《中国情》

朗诵：李兆文　（上海大学社区学院2014级本科生）
　　　杨宇男　（上海大学材料科学与工程学院2013级本科生）
　　　陈　卓　（上海大学文学院2011级本科生）

“旧的悠悠死去，新的悠悠生出，不慌不忙，一个跟一个——这是演化。新的已经来到，旧的还不肯去，新的急了，把旧的挤掉——这是革命。”（闻一多）

如此往复，长此以往，未来本该是青年人的！

少年中国说（节选）

梁启超

制出将来之少年中国者，则中国少年之责任也。彼老朽者何足道，彼与此世界作别之日不远矣，而我少年乃新来而与世界为　。如僦屋者然，彼明日将迁居他方，而我今日始入此室处。将迁居者，不爱护其窗栊，不洁治其庭庑，俗人恒情，亦何足怪。若我少年者，前程浩浩，后顾茫茫，中国而为牛、为马、为奴、为隶，则烹脔鞭箠之惨酷，惟我少年当之；中国如称霸宇内，主盟地球，则指挥顾盼之尊荣，惟我少年享之，于彼气息奄奄，与鬼为邻者，何与焉？彼而漠然置之，犹可言也；我而漠然置之，不可言也。使举国之少年而果为少年也，则吾中国为未来之国，其进步未可量也；使举国之少年而亦为老大也，则吾中国为过去之国，其澌亡可翘足而待也。故今日之责任，不在他人，而全在我少年。少年智则国智，少年富则国富，少年强则国强，少年独立则国独立，少年自由则国自由，少年进步则国进步，少年胜于欧洲则国胜于欧洲，少年雄于地球则国雄于地球。

红日初升，其道大光；河出伏流，一泻汪洋。潜龙腾渊，鳞爪飞扬；乳虎啸谷，百兽震惶。鹰隼试翼，风尘吸张；奇花初胎，矞矞皇皇。干将发硎，有作其芒。天戴其苍，地履其黄。纵有千古，横有八荒。前途似海，来日方长。美哉我少年中国，与天不老；壮哉我中国少年，与国无疆！

（摘自王蘧常选注：《梁启超选集》，第184页）

蒙 思

如果我说当代的青年人是寂寞苦闷的，想必很多人会跳出来反对；如果我说当代青年人是幸福快乐的，也会招致一些人的质疑与鄙视。那么，青年人的世界是什么样的？又是怎么形成的？我不善于归纳总结，特别是总结有关价值判断的问题，在我看来，这是这个世界上最为难解的难题。青年人的心理是一个迷宫，也是一个无解的世界。正如青年人自己会说，我们的世界你们不懂——就这样简单、利索地隔绝了两代人的生活。可是，历史并不是这样讲述的，历史上的青年人也不是这样的，当人们绞尽脑汁、劳神费力地想改变青年人，为他们树立榜样的时候，却发现青年人的精神世界才是改变历史进程的重要力量。

进入21世纪，我国的社会生活经历了天翻地覆的变化，青年一代的思想观念也随之变化。如果他们真的能担当起责任，担负起国家统一与民族振兴的众望；如果他们不拒绝认识历史，不拒绝抗拒遗忘，能受到天生我材必有用的崇高的使命感的推动与启示；那么，少年中国的成功并不是什么奇怪的事情。我们总是一厢情愿地为青年人设计一条道路，到头来却是枉然。他们在拒绝什么，抑或是逃避什么？或者其实都不是，只是他们还没有做出选择，还没有进入到生活的洪流之中？又或者是因为没有经历过挫折与苦难，生活还算如意，还不知道“广阔天地，大有作为”？也许是青年人的自我选择被环境造就的同时也受到其局限。

那么，是否意味着我们能消极被动地适应环境，而不能改变环境呢？我们常说：“以史为鉴，可以知兴替；以人为鉴，可以明得失。”对历史的认识与态度，对于青年人的价值观与人生观的影响与塑造不言而喻。钱穆在《国史大纲》引论中说：“然中国最近，乃为其国民最缺乏国史智识之国家。”何为“国史智识”？“国史智识”就是能鉴古而知今。“鉴古”就是从前人所记录的历史材料中觅取所需，“国史”即为“我民族国家已往全部之活动”，是“经记载流传以迄于今者”。“材料累积而愈多，知识则与时以俱新。历史知识，随时变迁，应与当身现代种种问题，有亲切之联络”。克罗齐曾有过对历史的经典判断：“一切历史都是当代史。”历史的神奇之处就在于“写历史”的过程，而非其“本来的”历史过程，只有过去所发生的历史，对我们当代青年人构成某种意义的时候，才能得到关注，引起我们的兴趣，对于认识现状才会产生重要的借鉴意义。顾炎武曾说：“有亡国，有亡天下。”中国古代历史可以说是一部历朝历代的更替史，仅仅是皇帝换个姓，变换了统治者，就是所谓的“亡国”，但却从未有亡天下的历史巨变。“天下”所具有的多民族的历史、文化、语言不但没有消亡，反而在历次民族危亡的时刻爆发出惊人的凝聚力。只有作为中华民族的文化特质能够在青年一代中传承下来，保有我们的文化特质，我们的国家富强、民族振兴才有可期之日。

不但要亡国，还要亡天下，这是清末民初民族危亡时刻的真实描刻。以1840年中英鸦片战争为起点，中国人民揭开了反抗外来入侵历史的序幕。接着，中日甲午战争，大清帝国惨败于日本，签订《马关条约》。随后的1900年，八国联军侵华，烧杀抢夺，勾结清政府，镇压义和团，签订丧权辱国的《辛丑条约》。此时的中国，满目疮痍，民不聊生，是“东亚病夫”，是“一盘散沙”，是八国联军口中的“老大帝国”。此时此刻，一批近代知识分子加入到了救亡图存的政治运动中去，以探索救亡道路为己任，梁启超先生应该算作一位。

我们常说历史是无法选择、无法更改，也不可能倒过来重演的。19世纪末20世纪初，历史风云变幻，民族危机空前深重之时，也是时势造英雄，英雄出少年的时代。以往我们对于梁先生的评价是“神童”，少年得志：5岁熟读“四书”、《诗经》；6岁跟随父亲读中国略史，“五经”卒业；8岁学为文；9岁就能写出洋洋洒洒的千言文章；12岁，如愿所偿，考中秀才，实现了许多人一生都没有实现的愿望；17岁在广州参加乡试，一举中的。在许多人看来，少年梁启超的成就已非常人，望尘莫及，如能继续走科举之路，必能飞黄腾达。其实，历史上的成名人物多有与时俱进、非同寻常之处，梁启超先生则走上了一条更为艰险、更有担当的启蒙探索之路。

梁启超先生的一生是颇为矛盾的一生，如同他的思想一样是充满张力的。作为一位启蒙者，他是尖锐、深刻的，在他看来，“中国人士，数百年来寡闻浅见，抱残守缺，对世界茫然无知，若坐暗室之中”（耿云志、崔志海《梁启超》）。他提倡造就“新民”，“民德、民智、民力，实为政治、学术、技艺之大原”（梁启超《新民说·释新民之义》）。梁启超晚年一方面不惜以生命为代价发展国学文化、传播西方科学文化知识；另一方面，在政治上，从保皇立宪到倡导共和，梁先生的立场在急剧变化的历史时代中不断更新，不断超越自己，与时俱进。有人认为“读懂梁启超，就能读懂近代中国”，这一评价是不过分的。

诗 说

梁启超（1873—1929），字卓如，一字任甫，号任公，又号饮冰室主人、饮冰子、哀时客、中国之新民、自由斋主人。清朝光绪年间举人，中国近代思想家、政治家、教育家、史学家、文学家。戊戌变法（百日维新）领袖之一，中国近代维新派代表人物。

青年时代的梁启超追随康有为为师，鼓动公车上书，发起维新变法，立志唤醒沉睡的国人；变法失败后，流亡日本，推动君主立宪，期间先后创办《清议报》和《新民丛报》，写下大量脍炙人口的报刊文章，介绍了许多西方社会政治学说，鼓舞了无数渴望富国强兵的英雄志士；辛亥革命之后，曾入袁世凯政府，担任司法总长，之后严词抨击袁世凯称帝；在二次革命的战场上，在反对张勋复辟运动中身先士卒；晚年主要从事文化教育与学术研究。

梁启超于学术研究涉猎广泛，在哲学、文学、史学、经学、法学、伦理学、宗教学等领域，均有建树，以史学研究成绩最显著。主要著作有《少年说》《敬业与乐业》《中国历史研究法》《中国近三百年学术史》《新民说》《饮冰室主人自说》《中国文化史》《饮冰室主人全集》《李鸿章传》《王安石传》《饮冰室合集》《中国历史研究法补编》等。

我常想，一部真正意义上的伟大作品是如何产生的，能给予我们灵魂深处何种影响？我常想，一代忧国忧民的大师巨子是如何思索，才能超越时间地域之限制，启悟后来者勃发向上，奋发图强？也许，我们能从梁启超的这篇《少年中国说》中找到答案。梁启超曾说："我的中心思想是什么呢？就是爱国。我的一贯主张是什么呢？就是救国。"（李任夫《回忆梁启超先生》）

《少年中国说》写于1900年，那时的中国虽然庞大，但已老态龙钟，步履艰难，因袭守旧，固疾难抛。这样一个陈木老朽的"国家"在梁启超先生看来，却可转变为一"少年耶"。因为中国只有朝廷，还没有形成现代国家，虽有国之名，却无国之形。又由于中国受到压制、迫害而没有得到发展，并未形成现代意义上的国家之形，所以也不是"老大帝国"。而中国国家之体质正处于萌芽状态，需要对旧的老的封建制度进行大力批判，新的国家还没有出现，怎能说老？"少年"这一新的生命体象征着未来、希望，以新代旧、以新国家取代旧

帝国。这一“少年中国”具有无比强大的力量，它激发了一代又一代像梁启超这样的有志青年、志士仁人成为变革世界的主力军：“少年强则国强，少年独立则国独立，少年进步则国进步……”国家的前途命运紧密地和少年连接在一起。少年中国没有选择，它的力量就在有为青年中薪火相传，不断更新，不断强大。百年巨变，少年中国终究没有让世人失望，经过几代人的革命奋斗，梁启超先生所言逐渐成为现实，少年中国终将成为顶天立地的巨人，雄视整个世界。

“图强自救”是近代以来“少年中国”走向豪迈崛起的唯一出路，少年中国的命运就掌握在青年人手中。只有少年奋发有为，不固步自封，国家才有希望，民族才有未来。身为后辈的我们，不但应当继承先志，勇敢、自信、沉稳地站立起来，奉献自己的青春与热血；还要从身边点滴的小事做起，勿以善小而不为，积跬步以至千里，才能开辟属于我们少年中国的新纪元。

梁先生的文章，不但情感真挚、饱满、爱憎分明，而且语言铿锵有力、气势磅礴，时时充满一股生命搏击的力量，令人内心激越，难以平静。在践行伟大复兴的道路上免不了许多荆棘，重读《少年中国说》，将给予我们青年一代坚定的信念与行动的力量，激励我们克服困难，不畏险阻，为实现中华之崛起而自强不息！

第二期

徐志摩 《再别康桥》

赵增熹 《Cambridge》（选自电影《玻璃之城》电影原声大碟）

［波兰］肖邦 《f小调第二钢琴协奏曲（作品21）》

朗诵：金　鹏（上海大学中欧工程技术学院青年教师）

韩晓霞（上海大学团委青年教师）

在徐志摩的眼中，自然界的一切生灵，五花八门的事物都不是静止不变的，只要你睁开眼睛，静心聆听，大自然的优美、宁静、和谐，就会慢慢地浸透在自己的性灵之中，醉倒在寻找幸福的梦境之中。诗歌是诗人寻找心灵安慰与寄托的最好表达方式，诗歌是我们窥视诗人心灵世界的一扇窗子、一面镜子、一种一厢情愿的幻想。

再别康桥

徐志摩

轻轻的我走了，
正如我轻轻的来；
我轻轻的招手，
作别西天的云彩。

那河畔的金柳，
是夕阳中的新娘；
波光里的艳影，
在我的心头荡漾。

软泥上的青荇，
油油的在水底招摇；
在康河的柔波里，
我甘心做一条水草！

那榆荫下的一潭，
不是清泉，是天上虹
揉碎在浮藻间，
沉淀着彩虹似的梦。

寻梦？撑一支长篙，
向青草更青处漫溯，
满载一船星辉，
在星辉斑斓里放歌。

但我不能放歌，
悄悄是别离的笙箫；
夏虫也为我沉默，
沉默是今晚的康桥！

悄悄的我走了，
正如我悄悄的来；
我挥一挥衣袖，
不带走一片云彩。

（摘自梁实秋、蒋复璁编：《徐志摩全集》第2卷，第177—178页）

蒙　思

“我是天空里的一片云，/偶尔投影在你的波心——/你不必讶异，/更无须欢喜——/在转瞬间消灭的踪影。//你我相逢在黑夜的海上，/你有你的，我有我的，方向；/你记得也好，/最好你忘掉，/在这交会时互放的光亮！”（徐志摩《偶然》）

徐志摩曾说过：“我查过我的家谱，从永乐以来我们家里没有写过一行可供传诵的诗句。在二十四岁以前我对于诗的兴味还不如我对于相对论或民约论的兴味。我父亲送我出洋留学是要我将来进‘金融界’的，我自己最高的野心是想做一个中国的Hamilton！在二十四岁以前，诗，不论新旧，于我是完全没有相干。我这样一个人如果真会成为一个诗人——那还有什么话说？”（徐志摩《〈猛虎集〉序文》）

作为一名诗人，徐志摩就是这样偶然地闯进了我们的生活世界，又匆匆忙忙地带着衣服上的风尘，来不及念及他所挚爱的世界，就这样不顾一切地和想念他的心灵说“沙扬娜拉”。从此，我们看不到许多人曾经为此留恋的身影，那辛劳奔忙的、梦境般的，时而浓烈炙热、癫狂如醉，时而又孩子般手舞足蹈、欢蹦乱跳的身影。他走了，留给世界的是死一般的沉静、寂寞与幽困。还好，诗人从来就不甘寂寞，在寂寞中还留有一份流淌了30多年的记忆，任世事变化、沧海桑田，心头旧影、华美诗篇，光泽依旧。

只要愿意，我们每天都可以和诗人相见，阅读他的文字，倾听他的声音，像是激荡的钟鼓，鼓声呜呜，由远及近，亲切自然；又像是掷入水塘的石子，在水面上留下片片涟漪。我们迫不及待地想和诗人交谈，谈他的诗歌，他的生活，他的爱情，他的世界，他的一切。徐志摩曾说：“我生平最纯粹可贵的教育是得之于自然，田野，森林，山谷，湖草地，是我的课堂；云彩的变幻，晚霞的绚烂，星月的隐现，田野的麦浪是我的功课；瀑厚，松涛，鸟语，雷声是我的老师，我的官觉是他们忠谨的学生，受教的弟子。大部分生命的觉悟，只是耳目的觉悟。”（徐志摩《“雨后虹”》）在徐志摩的眼中，自然界的一切生灵，五花八门的事物都不是静止不变的，只要你睁开眼睛，静心聆听，大自然的优美、宁静、和谐，就会慢慢地浸透在自己的性灵之中，醉倒在寻找幸福的梦境之中。诗歌就成为诗人寻找心灵安慰与寄托的最好表达方式，诗歌就成为我们窥视诗人心灵世界的一扇窗子、一面镜子、一种一厢情愿的幻想。

徐志摩是个理想主义者，犹若夏夜灿烂浩瀚的星空，映照着苍茫的大地，寻找着，窥视着人类的奥秘；犹如一颗颗凝视的眸子，眼望着新奇的世界，多想穷尽其无解的答案。徐志摩曾自述道：“我真羡慕我台上放着那块唐砖上的佛像，他在他的莲台上瞑目坐着，什么都摇不动他那入定的圆澄。我们只是在烦恼网里过日子的众生，怎敢企望那光明无碍的境界！有鞭子下来，我们躲；见好吃的，我们垂涎；听声响，我们着忙；逢着痛痒，我们着恼。我们是鼠，是狗，是刺猬，是天上星星与地上泥土间爬着的虫。哪里有工夫，即使你有心想亲近你自己？哪里有机会，即使你想痛快的一吐？”（徐志摩《再剖》）诗人一生的时间都在思考，撩拨着他那不曾放弃的理想，在人间寻找——当然，与其说寻找，不如说如何建立——一个充满自由性灵的真、善、美的灵魂。

黑夜总会渐渐离我们远去，慢慢消褪，虽然还不完全明亮，却已经有了些许光亮，隐约看得出新世界的模样。颜色有了些变化，青黛变成了橙红，太阳亟不可待地想要挣脱出来，那道金光，是否是真正的出路所在？几千年的文明古国，推翻了帝制，就像被人撕开的锦缎，露出那满身的破败棉絮，令人痛心疾首，等待着被人缝补、换洗、医治。出国留学，寻觅出路，成为时代精神的症候性象征。也正是在出国前，诗人改名为“志摩”，并受家人的训勉慰诲，立志实业，振兴国家。在美国读书的两年，对于聪慧而又勤勉的徐志摩来说并不是难事，不但学业优异，而且爱国之情始终高涨，参加了学生陆军团，和美国同学一起训练。在哥伦比亚大学读硕士时，徐志摩选择

《论中国妇女的地位》这样的题目作为自己的毕业论文，可见其爱国热情、民族自豪感之强烈。尤其当他得知五四运动的消息时，激动不已，恨不得自己也参加到学生队伍中去，示威抗议，陈述民情。尽管自己热衷于政治，关心时事，但是从小接受的诗词歌赋的训练，培养了徐志摩浪漫、夸张、自由的思维方式，他在思考问题时常常不自主地同别人不一样，更像一位诗人，而不是政治学家、经济学家。徐志摩在美国学习的过程中，在还没有寻找到可以打开心中不解与疑惑的钥匙之前，却滋生出了一种意愿、一种在困境中寻找真理的渴望。而对罗素的崇拜，则直接导致其毅然决然地离开资本主义高度发达的美国，转投罗素，寻求内心有着爱、和平、自由、爱人类的崇高信念的精神楷模。正是在伦敦，诗人找到了打开心中郁结的钥匙，生活逐渐有了活气，也不再沉湎于枯燥乏味、辞藻贫乏的政治说教之中，心情仿佛脱出牢笼的小鸟，飞翔在高耸入云的伦敦塔旁，飞翔在川流不息的泰晤士河岸。一个人的游弋虽然令人身心放松舒适，但找到自己心灵的慰藉并不是那么容易的。一切还是那么偶然，正当他在心底发出一声声呼喊，内心有一种渴望的时候，他遇到了诗歌和那个冥冥之中期待已久的人。在林家，徐志摩遇到了天分极高、才华卓异，饱读诗书而又感情细腻的少女——林徽因。这一浪漫的相遇成为理想爱情的经典叙述。徐志摩写道："时光如水，总是无言。你若安好，便是晴天。""你去，我也走，我们在此分手；/你上那一条大路，你放心走，/你看那街灯一直亮到天边，/你只消跟从这光明的直线！/你先走，我站在此地望着你，/放轻些脚步，别教灰土扬起，/我要认清你的远去的身影，/直到距离使我认你不分明。再不然我就叫响你的名字，/不断的提醒你有我在这里，/为消解荒街与深晚的荒凉，/目送你归去……"（徐志摩《你去》）这种刻骨铭心的爱恋从此成为诗人一生纠缠不清而又深深眷恋的一段伤痛：爱情不一定要说出口，也许只是沉潜在心底，却能变幻不同的色彩与光泽，在心中时时悸动，引诱灵感与创造力进入心头。

徐志摩因为爱情与诗歌相遇，结缘，坠入情网；又因为爱情，他的诗歌充满了明丽的忧伤，幸福的痛苦。就这样，从来没有写过诗歌的徐志摩深深地陶醉其中，体会爱情，也感受突如而至的诗歌的生命力与感染力。谁不懂生活，谁就不懂爱情。爱情就是充满韵律与神韵的诗歌，朦朦胧胧的，极不清晰，又时隐时现。爱情一旦出现，友情就化作一缕青烟，一片白茫茫的水汽，慢慢消散："我将在茫茫人海中寻找我惟一之灵魂伴侣。得之，我幸；不得，我命。"最终，徐志摩也没有得到他所谓的维多利亚式的爱情，就这样难以置信，措手不及，人就悄悄地走远了，无影无踪，再也找不到了。就在那迅雷霹雳之后，一下子粉碎了一切的生活、灵性与神思，一下子带走了世人对他炽烈的爱、热情的希望、真诚的祝愿，一切都烟消云散，他的爱、他的理想，永远埋在了故乡硖石，苏州、北京的清泉松柏中。

诗　说

徐志摩（1897—1931），原名章垿，字槱森，留学英国时改名志摩。出生于浙江海宁，那里山青水秀，人杰地灵。他是家中的独子，自小过着舒适优裕的富足生活，聪颖好学，人称神童。1921年赴英国留学，1923年成立新月社。1931年11月19日因飞机失事罹难。代表作品有小说集《轮盘》，诗歌集《猛虎集》《翡冷翠的一夜》，散文集《秋》等。

康桥（Cambridge）又翻译为剑桥，即大家所熟知的英国剑桥大学所在地，诗人在短暂的一生中曾多次造访过这里。徐志摩自述道："就我个人说，我的眼是康桥教我睁的，我的求知欲是康桥给我拨动的，我的自我的意识是康桥给我胚胎的。……在康桥我忙的是散步，划船，骑自转车，抽烟，闲谈，吃五点钟茶，牛油烤饼，看闲书。"（徐志摩《吸烟与文化》）"那年的秋季我一个人回到康桥，整整有一个学年，那时我才有机会接近真正的康桥生活，同时我也慢慢的'发现'了康桥。我不曾知道过更大的快乐。"（徐志摩《我所知道的康桥》）可见，康桥在诗人心中有多重要，有多依恋。而被大家所熟知，广为流传，脍炙人口，反复吟诵的正是这首《再别康桥》。1928年，诗人再次离别康桥，在归途的南中国海上，创作了这篇经典名作。

美国著名诗人威廉·卡洛斯·威廉斯说过，物质材料是诗歌的生命。一篇充满事物的诗篇要比一篇充满抽象说教的文章要令人印象深刻得多。进一步说，将放眼所至的事物并列在一起，我们会为先前没有意识到的情绪与想法感到惊奇。

与此同时，为诗歌注入各种美术新格式与新音节，诗歌也就有了灵性。大体上，新月诗派的创作手法即为如此。在这首《再别康桥》中，我们既能感受到诗人独特的审美情趣，领略高超的创作手法，悦耳动听的辞章旋律，也能体会诗人久久不能释怀的离愁别绪。

人生自古多离别，思念本是人之常情，而诗人的离别与思念又有何不同呢？诗人曾为寻求真知而游历多个国家，而康桥则是诗人求学的最后停留之地，可以说，“康桥情结”贯穿于诗人的一生。因为在康桥，诗人不但被激发了政治热情，更加关注时事，爱国心切，同时也遭遇了雅致与神秘的爱情，深陷恋爱之中。在此地，诗人也曾为追求真理而潜心修学，创作诗文，孕育其“爱，自由，美”的理想，所有这些，最终构筑、影响了诗人一生的性灵与信仰。徐志摩是新月诗派的代表作家，这首《再别康桥》具有明显的新格律诗的特点，拥有鲜明的音乐节奏感与韵律感，读起来抑扬顿挫，朗朗上口，诗人不舍与炙热的情感，宣泄般向我们涌来。

我们每个人都曾经历过这一短暂而又令人难忘的校园生活，在充满青春气息的校园中，时刻涌动着青年人的热血与力量。为实现诗人笔下种种彩虹似的梦想，我们求知识，攀登科学高峰，也身体力行，奉献社会。为追求诗人笔下青春的爱恋，我们也曾不知所以，踟蹰徘徊。这一切不知辛苦的对梦想的追逐，往往只有等过了之后，我们才知道它的珍贵。

当一切都慢慢消逝，归于平静，离别却悄悄地向我们走近。黄昏午后，盛夏傍晚，当你漫步于生机盎然、勃勃向上的上大校园，凝视着泮池中金色的光影，回忆着昔日的美好时光，对于一个即将告别母校的人来说，此时此刻，依依不舍，也难说再见吧！

乐 说

弗里德里克·弗朗索瓦·肖邦（1810—1849），19世纪波兰作曲家、钢琴家。肖邦是欧洲历史上最具影响力和最受欢迎的钢琴作曲家之一，是欧洲19世纪浪漫主义音乐的代表人物。他的作品以波兰民间歌舞为基础，同时又深受巴赫影响，多以钢琴曲为主，被誉为“浪漫主义钢琴诗人”。其后半生正值波兰亡国，在国外度过，创作了很多具有爱国主义思想的钢琴作品，以此抒发自己的思乡情、亡国恨。其一生不离钢琴，被称为“钢琴诗人”。1837年他严辞拒绝沙俄授予他的“俄国皇帝陛下首席钢琴家”的职位。舒曼称他的音乐像“藏在花丛中的一尊大炮”，向全世界宣告“波兰不会亡”。肖邦晚年生活非常孤寂，痛苦地自称是“远离母亲的波兰孤儿”。他临终嘱咐亲人把自己的心脏运回祖国。

《第二钢琴协奏曲》作于1829年，在肖邦最幸福的日子里写成。1830年3月17日，该曲在华沙由肖邦独奏，举行首演。这首曲子是献给他的初恋情人的。当时，肖邦对华沙音乐学院学声乐的女同学康斯坦茨娅·格拉德芙丝卡（Konstancja Gladkowska）很有好感，但是他不敢直接对她表示爱慕之情，只能将全部的感情投入到乐曲之中，因此在临别之际，肖邦用浑身的恋爱激情创编了这首协奏曲，珍藏在心田深处美妙的回忆里。这丝情愫并没有开花结果，青涩的肖邦也不知如何向心仪的姑娘表达爱意，格拉德芙丝卡对肖邦笨拙的示爱反应也很冷淡，可也正是因为这样的暗恋，这部乐曲才更加地扣人心弦。肖邦曾在一封给友人的信中写到：“写这首舒缓的协奏曲时，我的心绪始终和她在一起。”在爱情的激发下，这部作品很快产生了。

第三期

王家新 《在山的那边》
Secret Garden 《Adagio》

朗诵：熊薇薇 （上海大学文学院2012级本科生）
陈　卓 （上海大学文学院2011级本科生）

德莱赛曾经说过："理想是人生的太阳。"理想是光明之所在，理想意味着希望，意味着进步，意味着生命的意义与未来的全部。每个人都曾经拥有过理想，因为追逐理想，我们不再孤独寂寞、虚度时光；因为追逐理想，我们共同奋斗、创造希望。现实在山的这一边，理想就在山的那一边。

在山的那边

王家新

一

小时候，我常伏在窗口痴想
——山那边是什么呢？
妈妈给我说过海
哦，山那边是海吗？

于是，怀着一种隐秘的想望
有一天我终于爬上了那个山顶
可是，我却几乎是哭着回来了
——在山的那边，依然是山
山那边的山呵，铁青着脸
给我的幻想打了一个零分！

妈妈，那个海呢？

二

在山的那边，是海！

美丽的、用信念凝成的海

今天呵，我竟没想到
一个幼时的意念却扎下了深根
是的，我曾一次又一次地失望过
当我爬上那一座座诱惑着我的山顶
但我又一次次鼓起信心向前走去
因为，我听到海依然在远方为我喧腾
那雪白的海潮呵，远远而来
一次次漫湿了我枯萎的心灵……

在山的那边，是海吗？
是的！朋友，请相信——
在不停地翻过无数座山后
你终会攀上这样一座山顶
而在这道山的那边，就是海呀
是一个全新的世界
在一瞬间照亮你的眼睛……

（摘自《王家新的诗》，第3—4页）

蒙　思

我们为什么需要理想？理想又是怎么产生的？这是困扰每一位执着于追求理想与探索自我生命意义的伟岸灵魂的经常性的困扰。我们时常慨叹生活的污秽不堪与重复单调，时间与精力往往虚掷于琐碎与庸常之中，事业与学业被无数的程式化管理包围着、延沓着、耽搁着而又无法挣脱。理想，由此偏安一隅，懒洋洋、百无寥寂，又卑微地等待着精神道路重现天日。莎士比亚在《哈姆雷特》中热情而又真诚地高呼道：“人类是一件多么了不起的杰作！多么高贵的理性！多么伟大的力量！多么优美的仪表！多么文雅的举动！在行为上多么像一个天使！在智慧上多么像一个天神！宇宙的精华！万物的灵长！”莎翁如能见到今日被困住双手，被束缚住头脑，卑微而又虚无的灵魂，又会做出一番怎样的慨叹呢？

和现实生活相比，我们发现莎士比亚是一位伟大的诗人。莎士比亚生活在文艺复兴时代的英国，被誉为伊丽莎白时代的一面镜子。我想这是对一个人极高的评价。莎翁知人论世，抱有理想，又适逢英国历史上最为激烈的时代转型期，由此产生的对社会独到的批判，与我们生活的时代产生了不可思议的共鸣与对比：城市化规模加速，生活方式极具个性化，伴随着大众文化水平的提升，通俗大众文化传播加快，带来的却是诗意生活的消失、精神世界的空洞乏味与理想世界的淡漠冷却。我们体验着大众消费社会的欢愉与快感，窒息于精神鸦片，麻木地沉醉其中，却难以自拔，也不想自拔。人世的全部经历变成了经济计算，寻求高位与道德的全面溃败，我们不禁慨叹：人类的理想主义真的消失了吗？理想真的在金钱面前变得一文不值吗？

理想其实并不一定远大崇高，也许就是房顶上那扇关闭的窗子，希望有一天，自己能站在窗边，打开它，宁静地低着头，看那广漠的人间还做着那些正义的事情。理想也许也很简单，然而在我们身居的陈设简陋的公寓房间窗外，墙上，电子屏幕上，满眼的单调乏味、通俗做作的广告海报，我们恐怖于资本的强大力量，却忘记了在这些冠冕堂皇的成就背后，凝聚了多少人的汗水与辛劳，多少人背井离乡，告别亲人，埋没内心的孤独与凄苦，却还要承受着被拖欠工资的命运。理想的实现不需要天禀的才华，却需要悲悯的良心、行动的理想和与并不平等的现实世界做一番生死决斗的勇气和决心。理想并不总是高高在上，高高在上的可能只是“高蹈主义”，美好的理想世界并不总是乌托邦般地遥不可及，它有可能从现实的黑暗中逃逸出来，触目惊心地出现，就这样遭遇了恶之花，生活的痕迹却从此改变：我们不再深陷于无聊的、毫无生产性的、缺少创造性动力的神疲力倦之中。我们即将挣脱出来，走出自己狭小的生活世界，打破黑暗牢笼的束缚，到外面去看一看，去改变自己的命运，而不是一直做那个驻足于窗边浏览风景的人。我们或许也曾反复悬想，自己还不曾离开过这片土地，还不曾翻越那片山峦，而那些所谓的理想是不是就在山的那一边？

诗　说

王家新（1957—　），当代诗人，诗歌评论家，教授。生于湖北丹江口市。1974年，高中毕业后下乡劳动。1978年恢复高考后，进入武汉大学中文系学习。大学期间开始发表诗作。1982年毕业分到湖北郧阳师专任教。2006年开始任教于中国人民大学文学院，担任教授。他是一位多产的作家，著有诗集《纪念》（1985）、《游动悬崖》（1997），诗论集《人与世界相遇》（1989）、《夜莺在自己的时代》（1997）、《没有英雄的诗》（2002），文学随笔集《对隐秘的热情》（1997）、《坐矮板凳的天使》（2003）、《取道斯德哥尔摩》（2007）、《雪的款待》（2010）等。

我们的人生之路会是什么样子？也许是一次远航，离开平安的大陆，走向神秘莫测的大海，难免有狂风、巨浪。也许是一次徒步探险，离开平静的家园，翻山越岭，难免有野兽、暴雨。但是，越是遭遇艰难险阻，越是碰见障碍，我们的生命之河才会充满活力的浪花，信念与理想才会更加坚定，这些无疑构成了我们青春年代的闪光记忆！

20世纪80年代，一系列改革涌来，仿佛一夜之间，理想突然出现，蓬勃生长，谁也挡不住，谁也不要拦，就这样奔突袭来。每一个人仿佛都活跃起来，都换了一副面孔，群情激昂，争先恐后，狂奔上路，无法阻挡。

这个年代，始于经济复苏，改革开放，也是这个年代，物质时代开始到来。消费时代的最初体验就是街上开始流行红裙子，“毛时代的孩子们穿起了——时装！”另一方面，与之交汇的是渴望重生的启蒙主义理想被唤醒、被激发。这个年代，许多上山下乡的城市青年返乡，他们不但需要从头开始，也需要一种信仰支撑他们走下去。这种信仰就包括文学的表达与文字的力量。这个年代产生了一大批充满反

思精神与理想意识的诗人与诗作，整整一代人用文学表达着精神信仰与理性追求，我们选择的这首《在山的那边》，可以说是正逢其时的代表作品之一。

《在山的那边》写于20世纪80年代初，这是一个新的启蒙到来的时代。这个年代，我们开始反思过去，与历史对话，想象未来，也开始重新定义什么是幸福、什么是悲苦、什么是快乐、什么是理想。作为这个年代的见证者，作者在经历了动荡不安与充满理想困惑的年代之后，人生进入了另一个阶段，也许正是诗人人生中最为美好纯净的时光——考入大学，如饥似渴地读书，回忆过去，也面对不断变化但不再飘渺的现实，产生新的困惑和疑问。这对于当时的作者来说，也许就是最大的理想，最大的幸福。作者曾说："正如人们所知，这种对另一个世界的幻想，在现实生活中是最易受到挫折的。可以说，任何'不务实际'的幻想，在'铁青着脸'的现实面前，都有它破灭的一天。我在自己的青少年时期一再经历过这样的让人的内心深受刺痛的时刻。然而，不可思议的是，幻想受挫，但那种理想主义的精神却在生命中扎下了根来——它因在现实环境中受挫变得更为内在、也更为倔强了！"（王家新《山那边的海——关于〈在山的那边〉》）这

一代人，为追逐理想主义付出了惨痛的代价，但当一切都烟消云散之时，理想不仅没有幻灭，反而更加强烈。那么，这一代人追求的理想主义精神到底是什么？是翻山越岭，努力寻找的大海，是寻找可以寄托崇高心灵的伟岸灵魂，还是对一种自由、平等生活方式的向往与渴求？无疑，每一种理想都是值得肯定的。理想就是灵魂与生命，对自己，对别人，都是如此。理想是如此宝贵，又是那么令人惆怅。

《在山的那边》因此成为理想主义时代的一曲绝唱，成为中国知识分子让不开，也绕不过去的一种理想情结与时代欢歌。既是诗人对精神孱弱时代的一声呐喊，也是渴望回归理性的一种孤独思索。那么对于我们当下的年青人，又能从诗歌中获取到什么呢？作者已经给予我们一份坚定有力的答案："在实际生活中，虽然我已无数次地见过我在童年时所向往的海，但是我心目中的那个'海'依然遥不可及。那么，对于现在的我，什么才是最重要的呢？依然是'信念'。如果我不能在一个更高的层面上重新达到这种肯定，那就很难设想我在以后的生活中还会坚持下去。"（王家新《山那边的海——关于〈在山的那边〉》）不知道大家读后是否也会有这种体验呢？

乐　说

"神秘园"（Secret Garden）是一支著名的新世纪音乐风格的乐队，它由挪威作曲家兼键盘手罗尔夫·劳弗兰（Rolf Lovland）和爱尔兰女小提琴手菲奥诺拉·莎莉（Fionnuala Sherry）组成。1994年，他们在欧洲歌唱大赛中初次相遇，那时劳弗兰已是知名的词曲作家，相同的音乐理解以及相近的哲学观念，让他们走到了一起。劳弗兰深信：每个人心目中都有一块属于自己的领地，每当痛苦失望或消沉时，就需要舒缓情绪，寻找内心的平静和安慰，这块藏在每个人内心的土地，就是"神秘园"。

1995年，他们凭借探路之作《夜曲》一举夺得欧洲歌唱大赛冠军。随后，在1996年4月推出首张专辑《来自神秘园的歌》大获成功，影响遍及世界各地。乐队融合了爱尔兰空灵飘渺的乐风以及挪威民族音乐和古典音乐，乐曲恬静深远，自然流畅，使人不知不觉融入其中。评论家们说："神秘园绝对是超凡脱俗的，它对任何一位收藏者来说都是必须倾听的，他们的音乐是渴望心灵飞翔者的必需品，是祥和、宁静的画卷……"

首张专辑《来自神秘园的歌》风格较为统一，乐曲舒缓柔美，处处充满了思忆与忧郁，不经意之间流露出的些许忧伤，使人沉醉其中。《Adagio》正是出自这张首发专辑，"Adagio"是一个意大利音乐术语，有缓慢、悠闲的意思。《Adagio》是一首能引发听者内心感触的好作品，由小提琴拉出的柔美、伤感、动听的主旋律，犹如一位少女娓娓道来她的故事，如泣如诉，如悲如歌。整首曲子中，小提琴与钢琴遥相呼应，钢琴的和弦低沉而缓慢，小提琴的旋律抒情而忧伤。在夜深人静的晚上，音乐所流露出的柔软能直抵人的灵魂深处，那一霎那，前尘往事，如云如烟，弥漫周身，仿佛沉湎……

第四期

舒　婷　《致橡树》

Secret Garden　《Anticipation》

朗诵：曹　茜（上海大学音乐学院直属党总支副书记）

对诗歌的解读历来是多元而又充满张力的，就拿《致橡树》来说，我们都愿意把它看成是一首表达一种成熟理想爱情观的爱情诗。尽管作者并不希望这首诗被解读为一种爱情宣言，但至少在精神层面上，我们能感受到作者发自内心的对女性自尊自强、自爱独立精神的诉求。也许作者之所以否定这首诗的爱情主题，是不想把这首诗歌简单化、平面化。

致橡树

舒　婷

我如果爱你——
绝不像攀援的凌霄花
借你的高枝炫耀自己；
我如果爱你——
绝不学痴情的鸟儿
为绿荫重复单调的歌曲；
也不止像泉源
长年送来清凉的慰藉；
也不止像险峰
增加你的高度，衬托你的威仪。
甚至日光。
甚至春雨。
不，这些都还不够！
我必须是你近旁的一株木棉，
作为树的形象和你站在一起。
根，紧握在地下
叶，相触在云里。
每一阵风过
我们都互相致意，

但没有人
听懂我们的言语。
你有你的铜枝铁干
像刀、像剑，
也像戟；
我有我红硕的花朵
像沉重的叹息，
又像英勇的火炬。
我们分担寒潮、风雷、霹雳；
我们共享雾霭、流岚、虹霓。
仿佛永远分离，
却又终身相依。
这才是伟大的爱情，
坚贞就在这里：
爱——
不仅爱你伟岸的身躯，
也爱你坚持的位置，足下的土地。

（摘自张新颖编选：《中国新诗（1916—2000）》，第330—331页）

蒙　思

现代社会，正如历史主义所标榜的那样，它反映的是两套不同价值观念的对立与不可调和。说得清楚一些，是一组二元关系概念的产生、发展、消解与试图融合的过程。正是现代化的线性发展历程，让我们产生了如此的幻觉，世界是可以按照一套标准划分的，进步对应着落后、现代对应着前现代、理性对应着感性、主观对应着客观、男性对应着女性、中心对应着边缘。在某种程度上，这些划分可以帮助我们简明方便地认识世界、把握世界与理解世界，但是我们也有充分的理由怀疑这些划分的简单粗暴，极为刻板，是一套充满西方中心主义价值判断的危险学说。它让我们丧失了对社会多样性的理解，对于不同文明的认知，因此，没有进入现代序列的人与社会，往往被不公正地排除在西方主流世界以外。还好，我们还有一套有关理解他者、边缘、被遗忘、被歧视的社会理论。当然，我们不想仅仅把它看作一种理论，因为它来自实践，来自现实压迫，来自许多人的成长故事与现实经历，它可触可感，却又经常被漠视，其实你也是其中一员，只是你还没有意识到。

“无论我走到哪个地方，我都骄傲地告诉那些想知道我是谁、我做过什么的人，我是一个写作者，一个女权主义理论家，一个文化批评家。……如果他们敢更靠近女权主义一点，他们就会看到，女权主义与他们想象的不一样。”（[美]贝尔·胡克斯《激情的政治：人人都能读懂的女权主义》）

实际上，西方女性主义者是最早对现代社会男性中心主义、二元身份划分持批判立场的行动者与研究派，并引发了多次争取女性权利的社会运动与理论思潮，极大地改变了西方社会女性的社会地位与历史命运。在许多人看来，女性/女权主义团体或者是个人，并没有形成一致的主张和稳定的观念，而是伴随着社会结构转型而变化与互动，其理论指向与生成也都随着现实情境中每一个人遭遇的变化而变化，但是其核心立场与一贯原则基本保持不变，比如，其最核心的概念是平等。英国歌手凯特纳什曾说："女权主义不是一个肮脏的词汇，它并不意味着你讨厌男人，也不意味着你讨厌那些有着长腿和古铜色皮肤的妙龄少女，它更不意味着你一定是同性恋。它只意味着你相信平等，与生俱来的人人平等。"在美国女权运动活动家安德里亚·德沃金看来："女权主义遭到歧视，是因为女性本身遭到仇视。反女权主义就是厌恶女人的一种直接表达，是一种政治上的自我辩解。"正是因为如此，在当代西方社会，对于女性主义的理解与认同，不单是一种女性自己的叙述与表达，而是源于社会结构本身存在的对于个体的不平等、不公正的现实问题与现实遭遇，才会酝酿出有着各种斗争目的与斗争目标的社会运动与社会团体，女权主义团体与学说只是其中较为活跃的一支而已。正如美国黑人女权主义理论家所说："女权主义是一场结束性别主义、性别剥削和压迫的运动。……随着女权主义的进步，女性意识到男性并不是我们社会中唯一的支持性别主义思想的群体。女性也可能是性别主义分子。反对男性的情绪不再影响妇女运动的思想，妇女运动重点转移到全力以赴建立性别公正上来。不正视我们自己的性别主义的思想，女性无法联合起来继续坚持女权主义。"（[美]贝尔·胡克斯《激情的政治：人人都能读懂的女权主义》）为了结束父权制，我们需要非常清楚地认识到我们所有人都是维持父权制的参与者，直到我们把父权制的思想和行为扔掉，代之以女权主义的思想和行为。

在某种意义上来讲，其实我们每个人都是女权主义运动的受惠者。正是妇女解放运动或者说是妇女革命运动，才有了今天女性主体的可见性。但是，现实是我们每个人并不一定是女权主义者，也许有人会说自己并没有遭受到不平等、不公正的待遇，也没有遭受过各种形式的性别歧视，女性主义的世界离我还太远。其实这只是一种假象，或者你并没有意识到这些问题会成为问题，如果仅仅因为你自己是"既得利益者"，对隐藏在司空见惯的生活中的不公平的社会结构、对压迫性的话语体制沉默不语，甚至为虎作伥，那么我们的未来会变得极为可怕。而现实生活中，每个人实际上都有多重身份、诸多面相，你是女权主义者的同时，或许也是一个环保素食主义者，或许是爱讲冷笑话的工科男，当然你也可以是一位父亲、妻子、女儿、兄弟。你，也许也很享受波澜不惊的寻常生活，只是，倘若你也能认同女权主义是帮助我们从父权制束缚中解放出来的希望，你也觉得每个人都应有受教育的权利，都应在求职、升迁过程中被平等地对待，倘若你不希望你自己的女儿遭受家暴，倘若你也相信，一个人不论什么种族、性别都应当可以自由地恋爱，结婚，选择自己的人生道路，那么，其实你也是一位女权主义者。

对于经历过中国革命与妇女解放的一辈人来说，性别平等是改造和解构父权思想的重要武器。但是在市场化改革后的今天，性别不平等沉渣泛起，妇女议题层出不穷，曾指导、影响、改造我们思想的妇女解放理论则需要重新上路，从困境中寻找突围，为当下更为激烈的妇女问题寻找答案。

诗　说

舒婷（1952—　），原名龚佩瑜，祖籍福建泉州，生于福建省漳州市。她是和新中国共同成长起来的一代人，经历过“文革”的狂热，也曾下乡当过工人，干过泥水工、挡纱工、浆洗工、焊锡工等。1969年下乡在闽西太拔公社时，开始边劳动边练习写作，记有大量日记和随笔，期间有大量诗作在知青中流传。1978年在民间诗刊《今天》创刊号上发表了诗作《致橡树》，这也是她10年写作生涯第一次公开发表作品，随后，一系列热爱诗歌的人们把她归为大陆朦胧诗潮的代表人物之一。1980年进入福建省文联。出版的诗集主要有《双桅船》（1982年，获全国第一届新诗优秀诗集奖）、《舒婷顾城抒情诗选》（福建人民出版社，1982年）、《会唱歌的鸢尾花》（四州文艺出版社，1986年）、《始祖鸟》（海峡文艺出版社，1991年）等。

纵观中国新诗发展史，诗歌与政治的关系一直处在较为复杂的纠缠之中。20世纪三四十年代有“大众化”“民族化”的讨论；60年代有“战歌体”；“文革”时期的诗歌则完全走向政治抒情；直到70年代末，历史语境开始发生变化，诗歌创作也潜移默化地受此影响，政治性不再是诗歌创作的唯一原则，不同的文化表达开始在诗歌中崭露头角。20世纪80年代，当所有的中国人从一种固执的政治束缚解脱出来，到达一个政治经济改革的十字路口的时候，如何告别与传达新的情感和心态成为一种急迫的需要。于是“处于对现实需要的呼应与对虚假艺术的反叛，焕然一新的诗在歌者手中逐渐瓜熟落地”。与此伴生的是崇高的“人”性主体的开始萌发，渴望自由，并希望获得平等。但是，女性的主体精神与独立意识并没有那么强烈，以至于舒婷这首《致橡树》一经发表，就广为流传，并成为那个启蒙时代青年女性追求平等的最强宣言书。

对诗歌的解读历来是多元而又充满张力的，就拿《致橡树》来说，我们都愿意把它看成是一首表达一种成熟理想爱情观的爱情诗。但是，作者却说：“实际上，橡树是永不可能在南国跟木棉树生长在一起的，在这首诗中是将它俩作为男性与女性的指代物。”“创作《致橡树》的起因是呼唤和展现女性的觉醒意识，她是在用自己的声音说出对世界的感受，因此这并非一首爱情诗。”（《深圳特区报》2015年4月8日）尽管作者并不希望这首诗被解读为一种爱情宣言，但至少在精神层面上，我们能感受到作者发自内心的对女性自尊自强、自爱独立精神的诉求。在我看来，作者之所以否定这首诗的爱情主题，是不想把这首诗歌简单化、平面化。舒婷这一代人的精神世界可以说既是繁复热烈的，又是苍白痛苦的，经历过无数次的政治运动与革命洗礼，所谓的陈腐的爱情吟唱显得是那么的无足轻重。与之相对的情感宣泄，是作者作为女性主体对于独立人格苦苦追求而不得的痛苦。舒婷的父亲曾被划为右派，而她自己在1972年终于返城，却无法被接纳。身为女性，遭受种种歧视与不便，仿佛女性的归宿永远是寄人篱下，难以自拔。这种精神深处痛彻心扉的思索、自省却打开了一道女性生命主体意识觉醒的大门，追求一种女性主义平等理想的救赎之路。所以，《致橡树》是一首政治宣言，吹响了女性追求自我独立意识的号角，是女性自我价值在社会现实中被压制、曲解、轻视后的自我超越与拯救。这一惊天动地的呐喊，在20世纪70年代末，犹如惊雷穿过阴霾，惊醒了沉睡中的人们，在读者中产生了巨大影响，一时间，众说纷纭，舒婷本人也被冠以新朦胧诗派的代表之一。

舒婷说："我从未想到我是个诗人，我只是为人写诗而已。"（舒婷《生活、书籍与诗——兼答读者来信》）这种主张指向的是朦胧诗不应该直接描摹生活，而要经过心灵的溶解与消化才行。那么，在《致橡树》密集的意象流动中，喷放而出的就不仅仅是个体心灵的直觉感悟，还有"木棉"对"橡树"平等的追求，灵魂与灵魂的接近与对接，一种女性主义平等观的理想追求。这种充满人性与爱的主题，构成了20世纪80年代中国社会思想解放思潮的基本底色，以及对20世纪50—70年代社会现实的隐曲批判。不知道今天再读起这首诗，能给大家带来什么新的体验呢？

乐　说

16年的岁月流转，风靡全球的爱尔兰跨国音乐组合神秘园（Secret Garden）一直坚持用最简单的音乐语汇表达内心最复杂的情感，超凡脱俗的音乐走进了每一个人心中的"神秘园"。时隔多年，神秘园乐队终于在2011年发行了全新的创作专辑《冬日诗篇》（Winter Poem），在这张专辑中，挪威作曲家兼键盘手罗尔夫·劳弗兰（Rolf Lovland）和爱尔兰女小提琴手菲奥诺拉·莎莉（Fionnuala Sherry）再次携手用音乐素描出诗意盎然的冬日风情画。在寒冷与漆黑的冬夜时分，唯有音乐能够照亮、温暖你我的心，即使身处严酷的境遇当中，你我心中的"神秘园"依然盛开着永不凋零的希望之花。

1995年，神秘园乐队凭借一首仅有24个单词的单曲《夜曲》一举获得在欧洲拥有最多观众的欧洲电视歌曲大赛的金奖，成为这个具有极高声望的大赛40年来第一部获金奖的器乐作品。此后，神秘园乐队的首张专辑《来自神秘园的歌》（Songs From A Secret Garden）随即面世并获得了空前的成功，从此开启了神秘园乐队的一段神奇的音乐之旅，他们的专辑在全球超过80个国家缔造销售佳绩，累计销售达500万张。

在《冬日诗篇》这张专辑中，主创以交响乐团的格局进行编曲，除了依然以菲奥诺拉·莎莉的小提琴演奏为核心，还邀请捷克国家交响乐团以及多位来自爱尔兰与挪威的著名歌手和乐手共襄盛举，献上一首满载着祝福与祈祷的冬日交响诗。

专辑中，神秘园乐队首次和恩雅的姐姐Moya Brennan（凯尔特传奇乐团主唱）合作的《梦》，Moya的空灵声线与神秘园乐队的迷离曲风不谋而合。《玛丽的悲歌》中女高音声部的惊现，也足以让人眼前一亮。《时光凝结》和《期待》两首感情色彩各异的音乐小品着重模仿人声中的此起彼伏，这样强烈的对比似乎也是神秘园非常用心的一种安排。

值得一提的是，专辑中《大自然的赋予》是一首特别的乐曲，这是神秘园乐队为2010年上海世博会挪威馆专门创作的主题曲，劳弗兰谈到这首曲子的创作时说："2010年世博会挪威馆的主题是'大自然的赋予'。我觉得这个主题表示挪威人的一种核心精神——我们与大自然的密切关系，以及我们如何深受其影响。歌曲的名字将我带入了一道内在的音乐'风景'，歌词和音乐都表达了大自然对我的重要性。"

第五期

波　亚《夜游》
周杰伦　Terdsak Janpan《脚踏车》
陈　熙（作曲）、楼南蔚（作词）《凤凰花开的路口》

朗诵：周逊安（上海大学美术学院2013级本科生）

演唱：张子鸣（上海大学悉尼工商学院2013级本科生）

七月，毕业之际悄悄地向我们走来。
此刻，才知道，毕业时莫名的凄凉与忧伤，
是不知所以的感动与拥抱。
才知道，毕业是溢出的泪水，快闪的记忆，
再也回不去的青春，也是另一段幸福的开始。
七月，我们不说再见，而要为青春尽情绽放。

夜　游

波　亚

今夜日头不落下
正符合常规
人们都去放假了
游水 奔跑 和飞翔
我们在地图上滑动
三几颗闪烁的星星
挑拨着天文学家的耐心和好奇
我们说
死亡 爱情 时间 和诗
我们说
芒果的甜度恰是幸福
我们说
恰是迷茫得很美 很亮
我们走过拥挤着百万人的操场
熙熙攘攘被淹没的 只有我们的声音
我们抚摸沸腾的地衣和冬天
让眼睑和手都被烫伤了
我们呼吸雾中曾经坚硬的颗粒
接着解放喉咙

我们攀爬图书馆下被风吹着摇摇欲坠的灯光
想做一回完全的窃贼
我们想挥舞一种尚且未成型的风暴
刮个天翻地覆吹 驱散所有的花岗岩
我们走 正遇着所有的人们放假
他们要闪电 盐碱
要荷尔蒙 要齿和唇
可我们什么也给他们不了
我们走 目送着所有的人们的喜悦
我们写 正红旗下的乌托邦
写 趴在地上
写 白首莫相忘
三几颗星星
能不能赶在天亮前回到时钟的故乡
天文学家叹气或摇头
“疯了的星星
就当他们迷了路”
下一夜
所有的人们回来
说未来 奋斗 梦想
我们躲起来
在角落里缩着谁也不告诉
饮酒
杯子一碰
希望的声音
响得 发狂

（波亚供稿）

蒙　思

从某种意义上说，现代诗歌最早萌生于校园之中，正是在学校中，白话文作为现代语言形式得以创生、迅速普及、流传以及应用，而现代诗歌正是以白话文作为书写与传播手段的。中国可以说是一个诗歌大国，特别是古典诗词取得了重大成就。但与此同时，古典诗歌僵化的格律形式，过度追求平仄、对仗、用典、字句，无病呻吟限制了诗歌的自由发展，矫揉造作、陈腐单一的内容，在面对不断变化与日益复杂的现代生活和声势日益浩大、不断发展的革命运动时，旧体诗歌很难表达出激烈真挚的思想情感，形式与语言不但束缚了诗歌自身发展的可能性，也限制了诗人创作的自由。

1914年开始，胡适发动了针对诗歌的革命，提出了一系列新诗的变革性主张。“做诗如作文”是胡适新诗理论的核心概念，其基本内涵指的是诗歌创作要同说话（白话）那样自然、晓畅、和谐。这一颇为大胆的变革包括了两个方面的要求：一是打破诗的格律，换以“自然的音节”，不受任何格律的限制，新诗情绪表达则更为自由，诗人可以在自己的情感世界里自由翱翔；二是以白话入诗，不仅以白话词语代替文言，而且以白话的语法结构代替文言语法，并吸收国外的新语法架构，对诗歌实行语言形式和思维方式两个方面的散文化。1920年3月，胡适出版了中国文学史上第一部白话诗集《尝试集》。《尝试集》的出版，仿佛一股清风吹进了波澜不惊的死水之中，促进了新诗在中国的推广，扩大了诗歌的功用，以全新的面貌书写现代社会生活与人际遭遇、战争与革命。最重要的一点是以白话俗语入诗打破了旧体诗歌只属于少数受过教育的精英文人的特权，逐渐清除诗坛陈词滥调、矫揉造作、无病呻吟的形式主义之风，诗体形式获得大解放，开创了“有什么话，说什么话；话怎么说，就怎么说”（胡适《〈尝试集〉自序》）的诗文革命，进而向文学界革命发起变革的号角。

《尝试集》毕竟只是新体诗歌的开步，思想内容也比较局限，形式的变化也太少。之后，随着西方各种文化、文学思潮轮番涌入，诗歌变革不断萌生，诗歌黎明时期的拓荒之旅很快被一股股充满现代主义气息的诗歌流派所掩盖。从此以后，中国诗歌快速发展，几经磨难，生生不止，留下了一曲百转千回的动人旋律——20世纪20年代的新月诗派、30年代的现代诗派、40年代的九叶诗派、50—60年代的政治抒情诗、70—80年代之交的朦胧诗派、80年代的新诗潮，其间交织着无数悲凉喜悦、欢腾呼啸，充满着诸多难以言明的波折与教训。还好，每一个流派都磕磕绊绊地闯过了自己的命运劫数，留下了令世人

无限怀念、赞叹又难于索解的谜。

在这些诗歌流派中，大学一直是诗歌创新、写作、流布的重要阵地。自新诗诞生以来，大学就成为学生们自由抒写、尝试创作的重要试验场所与文化阵地。大学中的诗歌流派往往能开风气之先，善于引入各种新潮理念，新作层出不穷，为后来的诗歌发展奠定了极为有利的资源优势。不论是动荡的战争年代，还是解放后的和平建设时期，大学校园中总是充满着浓浓的诗情画意，洋溢着青春永恒的气息，与时俱进的时代强音。特别是在20世纪80年代，一个全民作诗的年代，在大学校园中，诗歌创作成为学生们不可或缺的生活方式，甚至是唯一的情感表达方式。在那个颇为怀念理想，激情澎湃的时代，留下了至今仍旧广为传颂的诗篇，仍旧活跃在文学界的著名诗人。进入90年代，商品大潮席卷神州，大学校园也不能幸免，曾经浸淫在诗歌中的学生有了更多的选择与生活方式，理想与现实差距变大，世俗化、多元化逐渐消解了往日学生们对于诗歌的热切，大学生诗歌运动逐渐平淡，诗歌逐渐成为个人化、私语化的表达手段，一部分学生诗人逐渐退出诗歌舞台，或者沉潜于失落与自怨自艾之中。进入21世纪，伴随着国家加大了大学建设力度，曾经的大学校园作家、诗人开始回归校园，带动了各大学学生的文学创作，大学诗歌创作开始进入到一个不同以往的新的创作高潮。

这一时期的大学校园诗歌创作处于一个后革命时代、后现代时代、后新浪潮时代，或者我们可以称其为不可预知的和多元化的时代。曾经高扬的理想之父被无主之墓所取代，理想不断被侵蚀、悬隔、空置、碎片化，诗歌艺术因此成为21世纪人类不断创造的“美丽新世界”的栖居之地。

总的来说，大学校园的诗歌创作更像是一组快闪的分镜头，巧妙地运用电影蒙太奇的结构方式将爱情、友情、亲情、师生情组合在一起，铺陈叙述，感情细腻，自然生动。除了这些以校园生活为基质的创作之外，不少作品或者不断尝试新的、实验性的创作手法，将情感隐秘化，成为自身诗歌的独语，或者尝试跳出校园的围墙，将创作视野投放至广阔的社会生活之中，不断关注底层人民的生活命运，这对于丰富大学校园的诗歌创作，造就知行合一的现代大学生来说无疑是令人振奋与期许的有益尝试。

诗　说

不知道什么时候，什么原因，毕业季纪念活动逐渐在国内高校中流行起来，声势逐年壮大，处处充满了离愁别绪与伤感的味道。我们到底为何纪念，纪念的又是什么？想必每个人心中都会有一个答案。这其中隐藏了多少故事，又包含了多少真情，千言万语，又怎能说完？但总归想要写点什么，来给自己的学生时代画上一个难以完满的句号。不想煽情，也不想矫情，不是为了告别，更不是为了回忆，也许只是为了纪念成长过程中的痛楚与快乐，也许仅仅是此时此刻想说点话而已。波亚的这首校园诗歌也许可以传达出这个毕业季节流淌着的真实而又不加修饰的些许情绪。

这是一首极为纯净的诗，有一种校园诗歌特有的低吟浅唱、自然宁静而又执着生动的纯净特质。作者的执念就在于引领读者回到每个人拥有过的青春梦想与激情梦境之中，叩问并不沉静的内心世界，在经过尘世喧嚣的洗练之后，曾经的校园时代为什么那么值得留恋。

我们一次次回到校园是为了什么？是为了寻找记忆，寄托情怀，还是为了忘记人世间的繁华浮躁、功名业禄？诗人仿佛想告诉我们，

在青春校园中既有淡淡的忧伤，哭泣、挣扎、忧郁与抱怨，也有指引我们正确航向的星星，最为丰富充沛的活力与短暂易逝的爱情；在校园中我们绘制流动的风景，也应对各种挑战，磨炼我们的意志。但是，这些还远远不能构筑成我们生活意义的全部。在校园中，教师就是我们学习的榜样与力量，为我们传道、授业、解惑，我们也时刻准备着向兢兢业业的老师们学习知识与技能，希望早日成长为生活的强者，国家与社会需要的人。

告别校园不是结束，而是新的开始。我们借此诗会，祝福每一位即将走向工作岗位的上大学子，负得起责任，担当起希望，从容面对，淡定生活。祝大家前程似锦！

乐　说

《凤凰花开的路口》这首歌是专门写给大学离别学子的，歌手林志炫主动把自己的故事讲给词曲创作人听，从而诞生了这首毕业歌。

歌曲描述了人生不同阶段与不同的人并肩共度青春时光后分别时的不舍和留恋，多年的好友之间有如家人般温暖而彼此了解，但无论什么样的感情都要懂得珍惜，也该坦然释怀，重要的是曾经留在心中的感动及美好的记忆。没有什么花哨的音乐制作，也没有特别的声乐技巧，只是林志炫一个人和着钢琴声唱着简单的歌词，有时你甚至会觉得它根本不是一首歌，而是一个人在轻声诉说，诉说着一个关于青春、关于成长的故事。

录制这首歌曲时，使用了home studio的录音方式，录制地点在林志炫基隆家中的饭厅，故意选用不调音的、一般家庭式的钢琴而不是演奏用的三角钢琴，录制时没有选用先进快捷的数码录音，而用传统的模拟技术母带录音。现场演奏的钢琴和歌手的演唱是同时同步收音，是完全没有任何剪接one take的作品。

特殊的音场和环境的声音特别能显现出家庭聚会般的温暖，有一种校园音乐会的感觉，听后能让经历过的人都感到心酸不已。

“又到凤凰花朵开放的时候/想起某个好久不见老朋友/记忆跟着感觉慢慢变鲜活/染红的山坡道别的路口//青春带走了什么/留下了什么/剩一片感动在心窝//时光的河入海流/终于我们分头走/没有哪个港口是永远的停留/脑海之中有一个凤凰花开的路口/有我最珍惜的朋友//也许值得纪念的事情不多/至少还有这段回忆够深刻/是否远方的你有同样感受/成长的坎坷分享的片刻/当我又再次唱起你写下的歌/仿佛又回到那时候//几度花开花落/有时快乐有时落寞/很欣慰生命某段时刻/曾一起度过”（林志炫《凤凰花开的路口》）

第三季

爱国 自由 和平

第一期

上海大学“长江之夜”草坪诗歌音乐会
——庆祝中华人民共和国成立66周年
穆旦 《出发——三千里步行之一》
［美］电影《阿甘正传》配乐

朗诵：顾晓英 （上海大学教务处副处长，上海大学马克思主义学院副教授）

一谈到爱国，身为中国人的我们总有说不完的话，诉不完的情：我们总会情不自禁地谈到中国历史上的四大发明，津津乐道于长城、兵马俑，并为此欣欣然，深深地陶醉其中。但是，爱国的记忆并不总是美好的，近代历史的屈辱、哀痛以至于求民族独立之不得，仿佛一道道伤疤，一道道血痕，时时刻刻警示世人，落后就要挨打，不发展就无出路……

出发——三千里步行之一

穆　旦

澄碧的沅江滔滔地注进了祖国的心脏，
浓密的桐树，马尾松，丰富的丘陵地带，
欢呼着又沉默着，奔跑在江水两旁。

千里迢遥，春风吹拂，流过一个城脚，
在桃李纷飞的城外，它摄了一个影：
黄昏，幽暗寒冷，一群站在海岛上的鲁滨逊
失去了一切，又把茫然的眼睛望着远方，

凶险的海浪澎湃，映红着往日的灰烬。
（哟！如果有Guitar，悄悄弹出我们的感情！）
一扬手，就这样走了，我们是年青的一群。

而江水滔滔流去了，割进幽暗的夜。
一条抖动的银链振鸣着大地的欢欣。
在清水潭，我看见一个老船夫撑过了急流，笑……

在军山铺，孩子们坐在阴暗的高门槛上
晒着太阳，从来不想起他们的命运……

在太子庙，枯瘦的黄牛翻起泥土和粪香，
背上飞过双蝴蝶躲进了开花的菜田……
在石门桥，在桃源，在郑家驿，在毛家溪……
我们宿营地里住着广大的中国的人民，
在一个节日里，他们流着汗挣扎，繁殖！

我们有不同的梦，浓雾似地覆在沅江上，
而每日每夜，沅江是一条明亮的道路，
不尽的滔滔的感情，伸在土地里扎根！
哟，痛苦的黎明！让我们起来，让我们走过
浓密的桐树，马尾松，丰富的丘陵地带，
欢呼着又沉默着，奔跑在江水的两旁。

（摘自《穆旦诗文集（1）·诗》，第205—206页）

蒙 思

“我爱我们的民族，这是我们自信心的源泉。”（周恩来）中国是一个有着悠久历史和灿烂文化的文明古国，也是一个爱好和平、珍惜家园的古老国度。但近世以来，老旧帝国则逐步沦为半殖民地半封建社会。一切的沾沾自喜、自我满足，陡然间转变成低位劣势，勤劳善良的中国人民瞬间坠入“列强环伺，虎视鹰瞵”，“蚕食鲸吞，瓜分豆剖”的悲惨境地。我们不禁慨叹，这个曾经天下朝归，有着灿烂与辉煌的文明成就，长期居于世界发展先进行列的国家到底出了什么问题。窗外寒风凛冽，晴朗明媚的天空逐渐变得晦暗不明，屋檐下的冰凌尖锐危险，中华民族从未遭受过如此之欺凌，从未经历过如此之困难。

赤裸裸的侵略战争接踵而至，毫无人性可言；一系列的屈辱条约接踵而至，毫无余地可言。中华民族遭受的内忧外患、惨烈屈辱、苦难生活，世所罕见。面对山河破裂、历史改写与人民的深重苦难，中华儿女没有退缩，没有害怕，民族危亡从来都没有磨灭掉中国人民的生存斗志，只会励其志，壮其心，共同谱写一首团结一致、自强不息的抗争诗篇。

中华民族是一个充满浪漫理想与人文关怀的民族，有着坚韧的品行与不屈不挠的民族自尊心，决不会将自己的命运拱手相让，任人摆布，更不会将自己的民族国家置于亡国灭种之境。中华帝国曾经是礼乐之乡，儒学占据千年历史，“老吾老，以及人之老；幼吾幼，以及人之幼：天下可运于掌”（《孟子·梁惠王上》）。在儒学良好的教育下，子民和谐，官吏治理统一，中华民族颇具凝聚力，在长达数千年的历史文明中，逐渐成为世界文化中心之一。这一颇为自居的心理，曾经也“理应”沉浸在对过去成就与未来安康的狭隘憧憬与想象之中，过去与未来之间似乎没有停顿，时间连接得丝毫没有缝隙。无数统治者还处在“世界之中”“万邦朝拜”的迷梦之中。

1840年6月，鸦片战争爆发，在这场战争中，英国“远征军”仅用区区7000人，就迫使清军签下城下之盟。天朝好梦被惊醒，坚船利炮长驱直入。此后，西方列强纷纷进入中国，从1856—1860年的第二次鸦片战争、1883—1884年的中法战争、1894—1895年的甲午战争，再到1900年的八国联军侵华，中国由此陷入李鸿章所说的“数千年未有之变局”（李鸿章《筹议海防折（1874年）》）。割地赔款，丧权辱国，真是历史不无刻毒而又异常心酸的嘲讽。在与西方列强交往的过程中，一道道枷锁牢牢地套在中国人民身上，求生不得，无数民众被屠杀，大量历史文物被掠夺，瞬间陷入永劫不复之境。从此，中华民族开始关注西方，“睁眼看世界”，在历史剧变中奋起直追，变革帝制之弊端，试图通过自身的努力，挽救民族危亡，唤醒沉睡的中华民族，追求民族的伟大复兴。在这近百年的抗争之中，无数仁人志士抛头颅洒热血，怀着救国救民的真诚愿望，坚强不屈，不懈追求。

毫不夸张地说，20世纪所有的历史记忆都与革命有关。在寻求富国强兵、保卫家园的过程中，不论是旧式的农民起义、寄希望于不改变帝制的“百日维新”，还是孙中山先生领导的资产阶级民族民主革命，以创建西式民主共和国换来的仍旧是无情的失败与惨痛的镇压，都无法走出失败的记忆。中国的出路在何方？马克思的那句名言“一个幽灵，共产主义的幽灵，在欧洲徘徊”（马克思、恩格斯《共产党宣言》），似乎在呼唤世界革命的到来。马、恩创立的这一新的社会理论给深受列强宰割，军阀混战，一盘散沙的中国带来了新的希望与可能性。1921年，以马克思主义为指导的中国共产党成立，向世人宣告，真理其实在人民大众手中。1922年7月，中共二大又通过了《中国共产党第二次全国代表大会宣言》，制定了党的最高纲领和最低纲领。最低纲领即党在民主革命阶段的主要纲领是：消除内乱，打倒军阀，建设国内和平；推翻国际帝国主义的压迫，达到中华民族完全独立；统一中国为真正的民主共和国。党的最高纲领为组织无产阶级，用阶级斗争的手段，建立劳农专政的政治，铲除私有财产制度，渐次达到共产主义。从此中国革命有了新的指导纲领、新的目标与强大的精神支柱，中国革命面貌由此焕然一新，一场中国人追求“国家独立、人民解放”的伟大复兴进程由此展开。1927年10月，毛泽东领导的工农革命军发动湘赣边界秋收起义，创建了中国第一个农村革命根据地及工农革命政权。红色革命政权的建立、发展和壮大扩展了中国共产党领导下的人民政权，也极大震撼了国民党反革命政权。为了“铲除”红色革命势力，蒋介石为首的国民党多次发动对红色根据地的“围剿”，企图拔掉这个眼中钉、肉中刺。1937年7月，日本帝国主义发动卢沟桥事变，全面侵略中华大地，抗日战争也全面打响。卢沟桥事变的第二天，中共中央就向全国发出通电，号召全国同胞、政府与军队，团结起来，抵抗日寇的侵略。

在中国共产党的领导下，中国军民浴血奋战，打败了日本帝国主义的侵略，推翻了国民党的统治，建立了中华人民共和国，中国人民终于站起来了，中国历史由此进入了一个新纪元。多年战乱，留给新中国的是一个千疮百孔、民不聊生的烂摊子，建设一个人民当家做主的新中国，对于没有任何执政经验的中国共产党是一个巨大的挑战。国际上前有帝国主义国家的孤立与封锁，后有社会主义阵营老大哥苏联的撤资废约，面对极其复杂的国内外形势，中国人民没有退缩，以毛泽东同志为核心的党的第一代领导人迎难而上，破釜沉舟，尽管走了些弯路，经历了一些挫折，但国家独立，人民安居乐业，这些巨大的历史功绩是不容抹杀的。

诗　说

一谈到爱国，身为中国人的我们总有说不完的话，诉不完的情：我们总会情不自禁地谈到中国历史上的四大发明，津津乐道于长城、兵马俑，并为此欣欣然，深深地陶醉其中。但是，爱国的记忆并不总是美好的，近代历史的屈辱、哀痛以至于求民族独立之不得，仿佛一道道伤疤，一道道血痕，时时刻刻警示世人，落后就要挨打，不发展就无出路，要争取和平，拥有自由，爱国爱民，这也成为鞭策激励我们一生的警世恒言。

爱国的背后，是数也数不尽的献出生命的英烈名字，是呼号着逼近我们的无名烈士碑，是跳动着的永恒不变的爱国之心，也是钢筋铁骨般催人奋进的爱国诗篇。闻一多曾说："诗人的主要天赋是爱，爱他的祖国，爱他的人民。""国家至此地步，神人交怨，有强权，无公理，……今遇此事，犹不能牺牲，岂足以谈爱国。"（闻一多《致父母亲（1919年5月17日）》）诗人的爱国热情不禁跃出纸面，扑面而来。对我们来说，什么是爱国，诗人给了我们最好的回答。

在战争年代，爱国热情化作革命意志与流血牺牲；和平年代，我们则以诗言志，遥祭英雄，表达崇高敬意，并时刻准备着冲锋陷阵，杀身成仁。

2015年是中国人民共和国成立66周年，也是中国人民抗日战争暨世界反法西斯战争胜利70周年。值此之际，2015年9月28日，上海大学团委"诗乐同行"栏目，从线上走到线下，以诗歌音乐的形式举办了"长江之夜"草坪诗歌音乐会，纪念伟大的祖国66周岁生日，纪念在抗日战争中为保卫家园英勇战斗，献出青春与生命的英烈们。

雨夜，草坪，苍天为之动容。上大师生的爱国爱校之情，是难以阻挡的。被授予"南京路上好八连"的中国人民解放军上海警备区特务团三营第八连的官兵代表登台先声，送出对祖国、对人民的深切祝福和爱国之情。整场演出一气呵成，不论是慷慨悲愤的《满江红》，倜傥洒脱的《将进酒》，还是歌颂与追求真理的《自由》，坚定铿锵的《兵》，或柔或刚，或抒情或奔放，都寄托着我们上大人对祖国的热爱与由衷的敬意。

在这里，有太多的坚守与奉献。参加表演的上大师生、场务工作者，包括观众，都选择在风雨中坚守在草坪上，怀着一颗赤子之心，凝聚在一起，让我们祝愿的声音永远回荡在祖国辽阔的夜空之下。

乐 说

好莱坞经典电影《阿甘正传》是一部描述美国人20世纪下半叶生活的一个轻松自嘲式的历史传奇，电影原声大碟中所收录的展现时代背景的摇滚流行歌曲，为片中的美国生活通俗史做了一份精彩无限的注脚。

替本片配乐的亚伦·史维斯查为美国电影配乐作曲家、指挥家，1985年为卖座大片《回到未来》配乐而一战成名，自此成为好莱坞最具代表性的电影作曲家，并开创了“重低音打击乐”派别，赢得“重击老大”美誉。他为《阿甘正传》所作的配乐改走温情高雅路线，重视情感深度，令人耳目一新，获当年奥斯卡最佳配乐提名。一段段乐音伴随那根羽毛从神秘的空中飘来，时降时起，漂浮不定，钢琴略带诙谐的点奏，让人感到了难得的轻松，就如影片中阿甘毫无目的的长跑竟产生那么多的追随者一样，而随着钢琴的主旋律愈奏愈欢快，另一组弦乐峰回路转突然出现，好像被命运的鸣响包围。

甜美动人的音乐情绪充斥于整张电影原声大碟之中，几乎找不到阴沉低落的片段，每一个主题旋律各具特色，对角色的刻画以及情感的描写，不仅真挚贴切，而且有着一种平易近人的亲和力，作曲家对于《阿甘正传》的处理，有着一种洗尽铅华、返璞归真的单纯色调，展现给人温暖清新的独特气质，让人过耳难忘。

第二期

李　白 《将进酒》

张维良 《茶禅一味》

朗诵：李　晨（上海大学马克思主义学院青年教师）

站在黄河古道之侧，穿越千年历史积尘，

凝神谛听，也许你会感受到，有一位诗人行走在水边，低吟浅唱。

他是在发泄不满，排遣忧愁？还是只是徒然地愿望着，人生当几何？

将进酒

李　白

君不见黄河之水天上来，奔流到海不复回！
君不见高堂明镜悲白发，朝如青丝暮成雪！
人生得意须尽欢，莫使金樽空对月。
天生我材必有用，千金散尽还复来。
烹羊宰牛且为乐，会须一饮三百杯。
岑夫子，丹丘生，将进酒，杯莫停。
与君歌一曲，请君为我倾耳听。
钟鼓馔玉不足贵，但愿长醉不复醒。
古来圣贤皆寂寞，惟有饮者留其名。
陈王昔日宴平乐，斗酒十千恣欢谑。
主人何为言少钱？径须沽取对君酌。
五花马，千金裘，呼儿将出换美酒，与尔同销万古愁。

（摘自安旗：《李白诗新笺》，第65—66页）

蒙 思

我生于20世纪80年代，当我还没有识字的时候，我就已经开始读书了。这里的读其实是听。小的时候还不太讲究什么胎教，但是蒙学却是有的。蒙学即为启蒙教育，简单来讲就是对儿童进行的识文断字的基础教育。我把我小时候的教育称之为启蒙教育，似乎有往脸上贴金的嫌疑，但那时所受的教育确是我对中国古典文化最早的接触与认知。从80年代开始，父母开始重视我们这一代人的教育，但是如何教育，又教些什么，却大为迥异。

我生活在一个相对来说比较混杂的城区，在老天山路的北侧是一片片陈旧的公房住宅楼，里面住的都是工厂中的工人及其家属。每天傍晚，菜场即将落市的时候，你会看见勤劳的阿姨们胳膊上挎着篮子，里面装着新鲜的豇豆，拖着小孙子，走到门口坐下挑豆子。与此同时，还不忘教育小孙子，口中还念念有词："侬今早唐诗读了伐？"这可能是我们小的时候经常遇见的情景："仔细的"生活，粗中有细，不忘循循善诱，开启教育。当然，那个时代我们可以选择的教育样本实在是少得可怜了。刚刚经历过"文化大革命"的家长们，还不会选择儒家道统的经典著作教育自己的孩子，那些著作早已被扫进历史的垃圾堆，什么《三字经》《弟子规》等等传统蒙学的内容已经绝迹，与这个时代相契合的启蒙教育读本，可能就只剩下《唐诗三百首》了吧。

每个时代的教育都是与日常生活密切相关，与这个时代的价值取向相一致的，那些传统道德文化与价值观的载体——蒙学，就这样潜移默化地进入我们早期的生活经验之中了。所谓的"悖离"，也仅仅发生在少数知识分子与高干家庭教育之中。民国时期，传统蒙学的教育目的还是以熏陶蒙童的气质，培养蒙童的品格，辅以一定的历史文化知识为主，最为核心的可能要属伦理道德规范了。而身处信息迅速变化的时代，蒙学就不仅仅是教授文化知识，也必然包括《十万个为什么》这样的科普知识了。那么当今社会我们诵读古诗词还有什么重要意义呢？

钱锺书先生曾经评价道：“唐诗多以丰神情韵擅长，宋诗多以筋骨思理见胜。”（钱锺书《谈艺录》）唐诗宋诗，具体地说：“夫人禀性，各有偏至。发为声诗，高明者近唐，沉潜者近宋，有不期而然者。”（钱锺书《谈艺录》）所以诵读古诗文，我们寻找的是通往艺术与品格、个性与自由的精神之路，在陶冶情操中，让生命的价值得以生成与绽放。古典诗词所抒写的那个浪漫潇洒、自信张扬、命运的沉浮、人生的机遇都凝聚在诗词中，给予我们寻求真理的力量，而代表中国诗歌创作顶峰高度的当属唐诗了。

在我的记忆中，父母教会的第一首诗歌就是唐诗。唐代可以说是诗歌的盛世。从清代编撰的《全唐诗》可以看到：全书共计900卷，目录12卷，得诗共计48 900余首，作者2 200多人。对于编撰这样一部卷帙浩繁的大书，作者们也慨叹难免有所缺漏，在唐朝近300年的历史中，流传下来近五万首诗歌作品，实属惊人。相传，唐代上至帝王后妃，下至村夫农妇，雅至文人学士，俗至文盲武夫，长至耄耋老人，小至垂髫少年，人人能写诗，个个会吟诗，更不用说“诗仙”李白、“诗圣”杜甫了。在灿若繁星、光焰万丈的诗人群体中，李白无疑是其中最为独特而又闪耀的诗人了。

“花间一壶酒，独酌无相亲。举杯邀明月，对影成三人。”（李白《月下独酌》）在诗人的心目中，生活是离不开酒的。于是，在诗歌漫漫的历史长河中，时时散发着一股浓郁的酒香。于是，在一个微风沉醉的夜晚，诗人独自坐在花丛之间，摆上一壶农家小酒，头顶月光如洗，脚下树影斑驳，独自畅饮，一种难以排遣的孤独与寂寞，一份欲罢不能的忧虑，都灌注于这杯酒中，仰头喝下。尽管此时此刻没有朋友，诗人也不想独自喝着闷酒，此时的月亮，自己的影子，是永远不会离开自己的，于是就有了“三人”品酒，也算是很热闹了。对于诗人来说，孤独也算是人间一种难得的平静，只有这个时候，人才能静下心来，和凡尘保持距离，倾听内心的回响，寻找真实的自我世界。但是诗人能否意识到自己离芸芸众生实在是有些远了，自己的功名理想已经上升到了天际，也只有不识人间烟火的月亮还很能单纯静穆地注视着这个异常喧闹的尘世，自己的影子亦步亦趋地跟随着自己，除此之外，还有谁能与诗人坐在桌旁，与之对饮呢？诗人在人世间徘徊着，孤独着，凌乱着，也在寻找着摆脱孤独、摆脱尘世困扰的方法。

人们常说李白是诗仙，一生都在做着这样的梦："且放白鹿青崖间，须行即骑访名山。"（李白《梦游天姥吟留别》）诗人的理想极其简单，但终其一生，却也无法摆脱内心的挣扎与尘世的理想功名，去追逐内心永恒的家园，获取自我的救赎与圆满。李白"五岁诵六甲，十岁观百家"（李白《上安州裴长史书》），15岁学剑术，20岁学习纵横之术，生平之志就在于治国平天下，坚信"天生我材必有用"。终于，天宝元年（742），李白被朝廷征召去了长安，接受功名，得到唐玄宗的接见，并以翰林供奉的身份被安置在翰林院。在常人看来，这也许已经实现了李白心目中的在君侧、建忠言的理想。而封建君主大多毫无治国之心，只想着及时行乐，哪里管它今朝是何夕。很快，诗人就厌倦了这种令人窒息、沉闷、压抑和毫无生命价值可言的宫廷生活。自己的才华只能为权力装点门面。终于，诗人对政治功名彻底绝望，某年的春天，李白上书皇帝，请求辞官。官场的乌烟瘴气、勾心斗角成为过往，权力也无法让诗人继续卑躬屈膝，天地赐予的才华应该归还给万物自然，而不是成为权谋斗争的注脚。就这样，唐玄宗赐金放还，李白脱下紫袍，走下金銮殿，走出宫阙，也打碎了自己一手编织的宫廷政治的治国梦想。也正是这一次官场经历，这次沉重的仕途打击，李白开始了一段漫游一生和诗做伴的人生旅途。

诗　说

李白（701—762），字太白，号青莲居士，又号谪仙人，绵州昌隆县（今四川省江油市）人，是唐代伟大的浪漫主义诗人，被后人誉为“诗仙”。与杜甫并称为“李杜”，为了与另两位诗人李商隐与杜牧即“小李杜”相区别，李白与杜甫又合称“大李杜”。其人爽朗大方，爱饮酒作诗，喜交友。代表作有《望庐山瀑布》《行路难》《蜀道难》《将进酒》《梁甫吟》《早发白帝城》等。

有时候我们会发现自己的处境异常艰难，可能你会选择让自己冷静下来，思考自己是怎样一步步置身其中的。等进一步平静下来，开始自我解构，你会惊奇地发现，我们所追求的成功、幸福、精神寄托是何等地虚无缥缈，又是多么地不切实际！那么，成功应该如何评价，幸福又从何而来？这一深刻的哲学命题，从古至今，多少政治家、诗人、学者，或周遭的同学、同事、亲朋好友，曾经诠释过，追逐过，梦想过，无奈而又失望过！其实，每个人心中都早已有过一个答案。它极为质朴，也不高深，不管何朝何代，它都被奉为圭臬；不论古今中外，它都是人类福祉的真谛。这个答案无论过去，现在还是未来，都会激励无数人好好生活下去，并为之争取与奋斗。

简单地说：我们并不是为了自己的生活而存在，也不会仅仅为了自己的幸福而存在，而是为了别人的幸福而存在。我们不但要履行自己的人生责任，也要敢于团结一切力量对一切不平等与压迫力量进行坚决的抗争。这是我们活下去的勇气、意义与精神之所在，也是一个社会、一个民族生存下来的荣耀与尊严。

有一位诗人也曾经志存高远，追求理想，企图建功立业，却抗不过社会黑暗，政治上的排挤打压，终究抱负青霄坠落平地，几近破灭，心情极为悲苦。他生活在大唐盛世，却只能“一朝去京国，十载客梁园”（李白《书情赠蔡舍人雄》）。这里有时代的局限，他也只能纵酒狂歌，借酒浇愁，才得以片刻解脱，他就是李白。

这首《将进酒》作于天宝十一年（752），时是李白与友人岑勋在另一友人嵩山隐者元丹丘颖阳山居会饮时所作。天宝三年（744），李白由翰林待诏“赐金还山”，被迫辞朝离开长安，此后10年间，来往于齐、赵、梁、宋，过着落拓的漫游生活。这期间，他寻仙学道，访朋会友，饮酒放歌，过上了排遣愁怀的特殊生活。《将进酒》，乐府旧题，是《鼓吹曲辞》汉《铙歌》十八曲之一。宋人郭茂倩《乐府诗集》卷一六《将进酒》解题云："古词曰：'将进酒，乘大白'，大略以饮酒放歌为言。"这首诗的基调不是低沉消极的，而是昂扬乐观的（焦欲银）。也体现了诗人不为功名利禄，只为苍生的豪迈情怀。

乐　说

张维良（1957— ），生于江苏苏州，笛箫演奏家。他自幼喜爱音乐，8岁开始学笛，后跟随赵松庭、冯子存、刘管乐、王铁锤等名家学笛。1986年灌制了中国第一张激光唱片《箫的世界》。早年他改编的古曲《秋江夜泊》《梅花三弄》等早已成为经典而广为流传。很多人称他为"中国笛王"，还有很多人称他为"圣手箫王"。

张维良是最早发起并实践"新民乐"的音乐家之一，不仅引进西方元素到民乐中，还用现代作曲技法创作笛箫独奏曲和协奏曲。

张维良的《茶禅一味》是一张令人期待已久、充满东方灵性智慧的专辑。茶是一种生活，禅也是一种生活。茶，是东方生活的饮食精华。茶与禅，可以说最难用语言、也最不需要语言的生命精华。所以，张维良让音乐自然地进入茶与禅之间，用音乐来传达茶与禅，展现茶禅一味的无限韵味。他从茶的色、香、味开始，让听者从表面的五感六觉，随着音乐，逐渐内化深入到禅的意境。值得一提的是，为了丰富中国乐器的音色和表现手法，张维良在笛、古筝、二胡等传统乐器的色彩中揉合西洋弦乐队与电子音乐独特的缥缈音色，让人在传统乐器里也能聆听到另一种脱胎换骨的音乐情境，生动地呈现了茶禅之间从实有到空无的非凡意境，令人回味再三。

第三期

［法］保尔·艾吕雅 《自由》
Secret Garden 《You Raise Me Up》

朗诵者：沈志红（上海大学中欧工程技术学院青年教师）
陆柏函（上海大学中欧工程技术学院2013级本科生）

我们为什么要谈论自由，当我们在谈论自由的时候又是在谈论什么？自由是什么，自由又在何处？我们常说我们生活在一个现代社会，现代社会是一个自由开放的社会，但是现代社会果真如此自由吗？现代社会能实现、满足我们的自由意志与现实需要吗？现代社会到底对我们意味着什么？

自 由

[法] 保尔·艾吕雅
戴望舒 译

在我的小学生的练习簿上
在我们书桌上和树上
在沙上在雪上
我写了你的名字

在一切读过的书页上
在一切空白的书页上
石头、血、纸或灰上
我写了你的名字

在金色的图像上
在战士的手臂上
在帝王的冠上
我写了你的名字

在林莽上和沙漠上
在鸟巢上和金雀枝上
在我童年的回声上
我写了你的名字

在夜间的奇迹上
在白昼的白面包上
在结亲的季节上
我写了你的名字

在我一切青天的破布上
在发霉的太阳池塘上
在活的月亮湖沿上
我写了你的名字

在田野上在天涯上
在鸟儿的翼翅上
和在阴影的风磨上
我写了你的名字

在每一阵晨曦上
在海上在船上
在发狂的大山上
我写了你的名字

在云的苔藓上
在暴风雨的汗上
在又厚又无味的雨上
我写了你的名字

在晶耀的形象上
在颜色的钟上
在物质的真理上
我写了你的名字

在觉醒的小径上
在展开的大路上
在满溢的广场上
我写了你的名字

在燃着的灯上
在熄灭的灯上
在我的集合的房屋上
我写了你的名字

在我的镜子和我的卧房的
一剖为二的果子上
在我的空贝壳床上
我写了你的名字

在我的贪食而温柔的狗上
在它的竖起的耳朵上
在它的笨拙的脚上
我写了你的名字

在我的门的跳板上
在熟稔的东西上
在祝福的火的波上
我写了你的名字

在应允的肉体上
在我的朋友们的前额上
在每只伸出来的手上
我写了你的名字

在出其不意的窗上
在留意的嘴唇上
高高在寂静的上面
我写了你的名字

在我的毁坏了的藏身处上
在我的崩坍的灯塔上
在我的烦闷的墙上
我写了你的名字

在没有愿望的别离上
在赤裸的孤寂上
在死亡的阶坡上
我写了你的名字

在恢复了的健康上
在消失了的冒险上
在没有记忆的希望上
我写了你的名字

于是由于一个字的力量
我从新开始我的生活
我是为了认识你
为了唤你的名字而成的
自由

（摘自梁仁编：《戴望舒诗全编》，第606—610页）

蒙 思

转眼之间，我已经离开校园一年多了。我时常怀念自己求学时代的生活，那些简单的、明亮的、美好而又单纯的日子。每天清晨，我都有晨读的习惯，我习惯于坐在泮池边上，看着静静流淌的水、嬉闹的孩子和浅绿色的刚刚发芽的垂柳，什么都不去想，就这样呆坐着，享受片刻内心的安宁，庆幸既不用每天焦虑匆忙地搭乘拥挤的地铁去另一个地方上班，也不用在战火纷飞、饥饿交迫的远方过着战战兢兢的无助的生活。我们的生活终日忙碌，难有停留的时间为沉闷的生活打进一缕亮光，为心灵找到一个可以休憩的港湾，一个向往自由生活的春天。我时常庆幸自己还有书可以读，有学可以上。在这个焦躁世俗的时代，诗歌已死，乌托邦幻灭，心灵逐渐枯萎，想象力匮乏，还有哪些理想是值得我们去追求的呢？有时我也想，如果自己曾生活在革命年代，我的一天又应该是怎样度过的？我是一位极其挑剔的读者，我特别喜欢读历史书籍，除此之外，我更爱诗歌。

俄国诗人莱蒙托夫说：“我只得怀着深沉的悲痛/像乞丐似的走出了城市。”（莱蒙托夫《预言者》）诗人渴望生活在荒原之中，渴望像鸟儿一样自由自在地生活，这可能是普遍人性追求的结果吧。诗人艾青也曾说过：“我一生坎坷，但是我的信念从未动摇过。我始终和人民在一起，为在人类的心灵里播散对自由的渴望与坚信的种子而歌唱！”（艾青《致柳晟俊（1988年3月）》）看来，诗人的写作世界不仅仅有自己的生命体验，也勾连着一个国家、一个民族和一个阶级的情感世界，一种忠实于人民、为人民歌唱的历史使命。作为一名诗人，也许他的精神世界是孤独的，但又确实异常富足与圆满，因为他找到了真正属于自己的那个世界和兴趣，在短暂的人生旅途中，在自己生命最为恢弘灿烂的时刻，幸运地发现了自己的历史使命、真正属于自己的幸福，并愿意为此付出辛劳，终生为之努力，那么这一生也许是圆满而又快乐的吧。

刚从校园出来，会经常怀念校园生活。其实，学习并不一定比工作有趣多少。大学生活到底教会了我们什么？也许你会感慨我们所处的这个时代，是个最好的时代。我们是幸运的一代人，因为我们这代人，是人人都可以读书，受教育，在校园中舒服地听课的时代。我们不觉得需要感恩生活，感恩生命，感恩世界什么，也不记得渴望和平。世界没有战争，安稳的生活是几代中国革命先辈矢志不渝追求的理想。在新中国成立之初，毛主席曾说："现在我们能造什么？能造桌子椅子，能造茶碗茶壶，能种粮食，还能磨成面粉，还能造纸。但是，一辆汽车、一架飞机、一辆坦克、一辆拖拉机都不能造。"（毛泽东《关于中华人民共和国宪法草案（1954年6月14日）》）

21世纪，日新月异，我们的日常生活发生了天翻地覆的变化，教育也得到了极大的发展。我们早已不满足书本上的知识，大学教会我们的也不仅仅是知识经验、思维能力以及坚韧的人生品格，更重要的是去追求人类普遍意义上的幸福、自由与理想，为社会每一个人都能有尊严地生活而努力学习，接受教育。大学生活教会了我要成为一个有理想有思想的人，不局限于自己身边的狭小天地而能放眼世界，把文字、书写、语言、科技变成改变社会的手段。我们不能仅仅停留在追求经济发展、生活富足的简单层面上，一个国家、一个民族真正的富足在于对待生活方式的态度，一种来自精神世界的满足与宽厚，一种自由精神的探索与追求。

我们常说我们生活在一个现代社会，现代社会是一个自由开放的社会，但是现代社会果真如此自由吗？现代社会能实现、满足我们的自由意志与现实需要吗？现代社会到底对我们意味着什么？可能每个人心中的答案都不一样。很多人会把追求事业与享受事业成功所带来的金钱，不断增加的财富以及财富带来的物质享受与荣耀，作为现代文明的基本条件。显然，这种对于现代社会追求的理念成为许多理论家批评的靶子与对象。马歇尔·伯曼曾在那本有名的著作《一切坚固的东西都烟消云散了——现代性体验》中谈道："假如我们把现代主义看作是一种斗争，一种把一个不断变化着的世界改造为自己的家的斗争，那么我们就会认识到，任何一种现代主义的模式都不可能是最终的不可变更的。”那在这个意义上，现代社会可以等同于现代主义创作与现代化的生产方式。

与之相反的是马克思同样体会到了现代社会不同以往的生产与生活方式：“一方面产生了以往人类历史上任何一个时代都不能想象的工业和科学的力量。而另一方面却显露出衰颓的征象，这种衰颓远远超过罗马帝国末期那一切载诸史册的可怕情景。在我们这个时代，每一种事物好像都包含着自己的反面。我们看到，机器具有减少人类劳动和使劳动更有成效的神奇力量，然而却引起了饥饿和过度的疲劳。新发现的财富的源泉，由于某种奇怪的、不可思议的魔力而变成贫困的根源。技术的胜利，似乎是以道德的败坏为代价换来的。随着人类愈益控制自然，个人却似乎愈益成为别人的奴隶或自身的卑劣行为的奴隶。”（马克思《在“人民报”创刊纪念会上的演说》）

马克思显然是对现代社会的生产劳动持批判态度的，与此同时，更重要的是马克思在对异化劳动的批判中发现了资本主义条件下的劳动不再是人的“自主活动，自由活动”，不再是更为自觉自愿的创造性劳动，而是基于生存压力下的，不得已而为之的遮蔽了或者是歪曲了人的本质及其属性的被强制的活动。在这样的生产劳动过程中，人的自由天性被泯灭，劳动不再是人的存在方式，人的社会属性，异化劳动的结果是切断了人在劳动过程中朝向自由生产关系的可能性。而正是通过对异化劳动的阐释，马克思提出了指导人类解放思想的全新的自由观：自由是人类所争取的目标，它在种种不自由的形式中展开自己，克服异化劳动。当劳动成为人的本质力量的对象化，成为人的审美创造和价值实现的统一体的时候，人才能在本质上实现自由。

诗 说

保尔·艾吕雅（1895—1952），法国当代杰出诗人。一生写诗和战斗，参加达达运动和超现实主义运动，以及反法西斯斗争。出版诗集数十种，主要有《痛苦的都城》《不死之死》《公共的玫瑰》《丰采的眼睛》《诗与真》《凤凰》《为了在这里生活》《兽与人，人与兽》《当前的生活》《天然的流水》《和平咏》等。

我们为什么要谈论自由，当我们在谈论自由的时候又是在谈论什么？

自由是一种权利，是一种不可被剥夺的人权，是人类创造的最为珍视、最为宝贵的思想价值体系。但究竟何为“自由”，从古至今，众说纷纭。对“自由”思想的讨论可以追溯到古希腊时代，亚里士多德曾在《形而上学》中写道：“我们把一个为自己、并不为他人存在的人称为自由人。”那时的自由只属于公民，而奴隶是没有自由的。公民作为自由人在法律上是平等的，有权利参与公共事务的管理，自由既是权利也是义务。所以，“自由”概念从产生之始，就决定了自由只属于少数人，自由并不能为所欲为，不能按照“自然法则”不必负责任地恣意行动。

自由是什么，自由又在何处？以人文精神见长的中国古代思想，孔、孟、老、庄等先秦诸子都对自由理想的人伦世界有过异彩纷呈、璀璨夺目的描绘与憧憬。老子曾在《知北游》中指出，如何处事做人才能安身立命，采取什么“方法”才能达到人生的自由境界？自由在“无为而无不为”中，在自然而自然的过程中。这代表了中国古代思想家对于道德与理想堕落的批判与反思。

而近代以来，当今之世，对于自由的歌颂则与“解放”之意连接在一起。自由成为黑暗年代感召人们继续生存与斗争下去的理想信念。艾吕雅的《自由》一诗表现的就是这样的精神。1940年5月，纳粹入侵法国。被称为欧洲自由之花的法国，在法西斯无情的铁蹄之下，只坚持了三个月即沦陷。自由从此被铁幕笼罩，自由成为那一代知识分子心中的理想圣歌与追求的目标。在民族解放战争中，诗人们无法保持沉默，而是自觉地挺身而出，以“抵抗文学”的方式同法西斯敌人进行战斗，充当坚守理想的急先锋。在表现渴望自由的主题时，以往的诗人偏向于使用一种充满冲击力的字眼，直抒胸臆，大声疾呼“为人民、为自由而战”，而艾吕雅的这首《自由》则独辟蹊径，给人一种耳目一新的感觉。在这首《自由》中，我们看不到流血牺牲、战火硝烟，为国家民族、为自由解放战斗到最后一刻的情景描述，而是洋溢着一腔炙热的恋情。诗人就是运用这种独特立意，表达出战争中爱情也可以成为争取自由、表达普通人共同心声的震撼力量。

在生命攸关的战争时刻，还未实现的一份爱情，一个姑娘，是否意味着一个和平自由的未来必将出现呢？

乐　说

《You Raise Me Up》是一首歌颂上帝的圣歌，也是一首感恩歌曲。这首经典的歌曲，几乎唱响了全球。其中有一句“You raise me up, to walk on stormy seas.”（你鼓舞了我，让我能走过狂风暴雨的海）”来自一个圣经典故——耶稣走在海面上。

这首歌迄今为止至少已被全球100位艺人翻唱过，而神秘园（Secret Garden）正是这首歌曲的创作者。此歌首次发布于神秘园2002年的专辑《红月》，由爱尔兰歌手布赖恩·肯尼迪演唱。那浑厚的男声能让你的听觉彻底崩溃，间奏的风笛更是让人深陷音乐深海之中无法自拔。作为少有的励志和感恩音乐，最后的合唱气势磅礴，坚定有力。

这首歌最初题为《无声的故事》，根据爱尔兰传统民歌获得了创作灵感，由神秘园乐队成员劳弗兰作曲，成为世界上最适合被钢琴和小提琴演奏的经典曲目。

此歌初发之际即在爱尔兰和挪威占据各大排行榜冠军的位置长达

十几周。虽然没有在美国发行，但是这首歌在美国被用于纪念911事件，仅2004年，《You Raise Me Up》就在美国的电台共计播放了500多万次，至2005年年底，仅在美国这首歌就有80余个版本，并获得福音音乐奖（Gospel Music Awards）包括“年度最佳歌曲”奖项在内的四项提名。基督教团体Selah演绎的版本也于Billboard的基督教音乐榜单上位列第一。

来自爱尔兰风靡全世界的组合西城男孩（Westlife）在2005年翻唱了《You Raise Me Up》。该组合是第100个翻唱这首歌的艺人。西城男孩还与神秘园在2005年诺贝尔和平奖音乐会上共同演唱了这首歌。由西城男孩翻唱的《You Raise Me Up》蝉联双周冠军，还是英国21世纪至今排名第99位的最佳畅销单曲，2005年达到榜单第一位。西城男孩的翻唱让这首爱尔兰经典歌曲红遍英国，焕发出全新的生命力。

第四期

［澳］托马斯·肯尼利 《辛德勒的名单》
（张口天、高峰改编）
［美］约翰·威廉姆斯 《Schindler's List》

朗诵：高 峰 （上海大学团委副书记）

他，曾是一位普通的商人，后来却成为一位万众敬仰的圣人。
他，其实并不想成为圣人，只是现实逼迫他无从假装、无法沉默。
他，至少让世界感受正义的力量与人性的光芒。

辛德勒的名单

［澳］托马斯·肯尼利
张口天、高峰 改编

1943年，暮秋时节的波兰，天气潮湿、阴冷，脚下的大地坚实、安宁。克拉科夫市中心边 的一幢时髦的临街公寓中，走出一位身着昂贵大衣的高个儿青年，大衣下面是双排扣无尾礼服，礼服翻领上别着一枚巨大的修饰用的黑珐琅底金质徽章。这就是我们的主人公德国商人辛德勒。他将导演一个关于“善”如何战胜“恶”的真实故事，一个关于营救、生存、自由和尊严的故事。

我们的主人公并不是一位完美的人，也不是一位天生慷慨的慈善家，他曾是大发战争财的商人，但是他在波兰目睹的一切，却让他陷入沉思：为什么有的民族生而高贵，可以享受自由，而有的民族却会被送进集中营，抹去名字统统成为囚犯，遭受灭顶之灾？他要想一些办法，制止这些灭绝人性的恶行。

他经常喝酒，有时候是为了陶然一醉。而当他与官僚，跟党卫军喝酒时，就是醉翁之意不在酒了。他经常与党卫军上尉阿蒙格特这个身居高位的享乐主义者共进晚餐，送上礼物，为的是在这里开设工厂，雇佣犹太人，雇佣就等于保住了他们的性命，如果被送进了集中营，那就是死路一条。

天空笼罩着一层浓重的黑雾，一边是波兰儿童在街头无忧无虑地玩耍，另一边却是一群德国纳粹士兵围着一名犹太人，他们戏弄他，还用军刀刮他的胡子。辛德勒从排着长队的犹太人身边稳步走过，他知道这些犹太人的命运：分配劳役或者走向死亡。

辛德勒权衡良久，最终决定要尽力拯救那些即将遭受灭顶之灾的犹太人。他再次找到党卫军上尉阿蒙格特，告诉他说准备在自己的工厂制造军火，并承诺会给党卫军们带来高额利润。这是避免犹太人被送进集中营的最好借口。

打印机开始啪啪地轻响，打印纸上，打印纸上，一个个犹太人的名字不断出现。多少了？400个，不，450个。不够，还远远不够！辛德勒拎着一只皮箱从汽车中出来，他打开皮箱，用颤抖的双手抚摸着一沓沓崭新的钞票。辛德勒还要劝说服装厂老板加入他的行列，为他们提供衣食，这样加起来可以达到4000人。

名单终于打印完毕，辛德勒的助手庄重地将最后一页取下，紧握着这份名单，表情严肃而神圣。名单意味着生存。人们满怀希望而又忐忑不安地来到登记台前核对姓名。单上有名的自然兴高采烈，因为他们清楚，上了名单等于挣脱了死神的拥抱。

满载犹太人的列车满载着生的希望在白茫茫的荒原上飞驰……

反法西斯战争早已经结束，辛德勒的善意行动也已经落下帷幕。历史的车轮滚滚驶入21世纪，而这个世界上仍然有许多无辜的人们遭受战火，未曾得到真正的和平。审判，忏悔，寻求正义，因为历史还没有得到应有尊重，战争中的受害者们仍旧备受痛苦记忆的折磨与煎熬。同样，中国人民也是二战直接的受害者，那些切肤之痛的血泪记忆，那些气壮山河的抗战史诗，又怎能被我们忘记？隆冬的江南同样寒冷潮湿，凄厉的警报声，时刻提醒我们，上海同样拥有一段血雨腥风的抗战历史，也有着同样令人动容的拯救故事。不论邪恶的力量何等强大，也掩盖不了人性的光辉在闪烁，正义的力量在成长，中国人民抗战的胜利注定成为彪炳历史的伟大时刻而被人民永远铭记。

蒙　思

2014年2月27日，中国第十二届全国人大常委会第七次会议通过决议，将每年的12月13日设立为南京大屠杀死难者国家公祭日。这也是我国首次以国家名义进行正式纪念的公祭日。国家公祭的形式并非中国独创，实际上在第二次世界大战结束后，被卷入战争的一些国家和政府就纷纷推出哀悼日，以国家公祭的形式祭奠在这场人间浩劫中无辜受难的国民，增强战争灾难历史的记忆，以警示世人。比如2005年1月27日的奥斯维辛集中营解放60周年纪念活动上，时任德国总统克勒等44个国家领导人以及集中营幸存者等数千人参加了纪念活动。

距离第二次世界大战胜利已经过去了70年，在面对这场人类历史上绝无仅有的大灾难时，不同的国家，不同的人民，以不同的形式进行着深刻的反省、沉重的悼念，试图修复那永远无法治愈的创伤。战争损毁的不仅是家园，还有至今让人难以理解的疯狂、残忍、邪恶与灭绝人性的大屠杀。我们总要为今天活着的、被伤害过的人，与我同龄还没有经历过战争的人，和明天仍要活下去的人，寻找到一份坚定和平的勇气、信念，一份灭绝种族的悲剧不会再重演的答案。

重新反思与审视历史是需要巨大勇气的，一种呈现方式是属于研究者们的，他们的工作在于寻找一种合理性的解释，这需要深刻的洞察力与极其丰富的专业知识，它是一种追求普遍与一般性研究意义上的对于历史发生、发展的精确分析与阐释。另一种则是个人化的伦理道德与普世价值的传记式叙述方式。剧本《辛德勒的名单》可以说是这方面的代表作之一。这部作品是对历史、大屠杀、人性的反思之作，尽管这种反思是从人性善恶的二元属性角度来看待辛德勒的解救之举的，但辛德勒无比复杂甚至自相矛盾的真实行为却可能更符合历史真实，也许正是某一时刻向善的力量战胜了邪恶的本能，历史就完全改写了，正义就这样产生了，这也许就是人性的光辉与历史的复杂性吧！

乐 说

这是一张注定要载入史册的原声专辑，不仅仅在于音乐的精彩，更在于深沉旋律后透出的悲伤和希望。配乐大师约翰·威廉姆斯的代表作品，著名小提琴家伊扎克·帕尔曼的演奏为这张原声配乐专辑增色不少。音乐让这部感人肺腑的电影更为深沉、引人思考，重重危难中，人性的复苏成为最感人的诗篇，奥斯卡最佳原创音乐奖当之无愧。

《辛德勒的名单》不仅可以说是导演斯蒂文·斯皮尔伯格的重大突破，也是作曲家约翰·威廉姆斯一次经典且突破性的转型，威廉斯以本片再次拿下一座奥斯卡最佳原创音乐奖。在威廉姆斯过去得奖或提名的作品中，虽然不乏史诗风格的作品，但感觉上似乎向来以气势磅礴、力道震撼的华丽气魄见长，而《辛德勒的名单》同样深具史诗格局和撼人的情绪力量，但不论是电影还是配乐，都选择了用真挚无华的追思去思考、感受历史伤痛，散发出人性的力量。特别值得一提的还有伊扎克·帕尔曼的演出，也使这张原声带成为非常具有代表性的演出版本。

在这张专辑中，作曲家用小提琴独奏作为整个音乐的基调，形成了更为出色的诠释力，这种音色让整个配乐呈现了温和的怀旧色彩，也贴切地呼应了纪录片所特有的黑白摄影。

两个主题旋律《Theme From Schindler's List》和《Rememberance》，在旋律风格上都采取较为平实的气质，但在情绪上却相当深刻。《Theme From Schindler's List》以在《I Could Have Done More》中最为凄恻，描述辛德勒在战争结束后身份沦为战犯，准备逃亡，临行前“辛德勒的犹太人”送给他一只金戒指，上面刻烙“救了一个人等于救了全世界”。这段音乐中，帕尔曼的表现手法流露出相当强烈的情绪煽动力，让人感受到一个民族的悲伤和坚强，令人百感交集。

第五期

“南京路上好八连”官兵集体创作

《当人民需要的时候》

朗诵：“南京路上好八连”官兵代表

“好八连，天下传。为什么，意志坚。为人民，几十年。拒腐蚀，永不沾。因此叫，好八连。”（毛泽东）

南京路上好八连，军民团结如一人，艰苦奋斗从未变，光荣称号永相传。

当人民需要的时候

“南京路上好八连”官兵集体创作

当解放大军进驻上海的那一天起
我们就在这片土地上种下了热爱
从山东到淮海再渡过长江一路打过来
风餐露宿满身疲惫
胜利了部队却不入民宅
靠这个赢得民心
也表达了自己的爱戴
许多人在战争中为了这座城市牺牲了
他们　不　还有我们
把全部的情感都融进了大上海的血脉
黄浦江日日夜夜流淌的
有士兵的梦想　眷恋和期待
我们的每个岗位都连着上海的神经
每天都在感知她的美丽
她的冷暖　她的情怀
在她需要你的时候
你的慷慨如此深沉
爱　写在这里的每一寸土地上
像四季里绚烂的花开

还记得那次抗雪吗
施虐的暴雪袭击着中国

袭击着申城
鹅毛大雪飘飘扬扬铺天盖地
像白色的风暴席卷而来
人们猝不及防
灾情就是命令
特警团所有官兵立即投入扫雪战斗
同志们不畏艰难
高架桥上
八连官兵仅用四小时
就清扫20公里
连日的大雪使无偿献血减少
血库告急
数百名战士争先恐后前往献血
有谁知道 他们刚从一线归来
没有来得及吃上一口热饭热菜
献血啊 温暖了那个寒冷的冬天
人们记住了人民子弟兵身上最美的颜色
人们记住了人民子弟兵身上最美的颜色
迷彩

还记得那一年吗
一场突如其来的燃油泄露事故
给1600万上海市民的饮水安全
带来严重的威胁
母亲河告急 上海告急
闻讯母亲河有难
特警团官兵摩拳擦掌
接到战斗命令后
他们以最快的时间做好了准备
8月10日拂晓 铁流滚滚

谁都知道
这又是一个艰难困苦的战场
那一仗打了三天三夜
三天三夜 部队的士气非常高昂
在六公里污染沿岸上
官兵们清除了近千吨油草
及两千吨污泥和污染物
把美丽和清洁还给了母亲河
还给了黄浦江
汽笛又响起来了
还是那么悠扬
岸上的百姓在一次次地为我们鼓掌
许多人流着泪说
有这样的好部队 没有完不成的任务
没有打不胜的仗

从浦东到浦西
在老区 在新区
从码头到桥梁
上海的发展渗透了我们的汗水
更有我们无上的荣光
其中 最值得骄傲的当属世博会
255个日日夜夜啊
我们的肩头承担着全世界的目光
一位干部担负繁重的安保任务
天天都守在世博园
却没有时间陪自己年幼的孩子
到世博园里玩一趟
一位老人走了
临终前，他唯一的儿子

却在世博安保的岗位上
一位士兵在完成任务时负伤了
脸部双侧颧骨粉碎性骨折
满脸是血
一度昏厥
他负的是重伤
手术进行了13个小时
颧骨内植入了两块钢板
头部缝了50多针
可他醒过来说的第一句话是
连长 对不起 我给连队添麻烦了
这个士兵就叫吴伟
被南京军区授予
世博安保钢铁战士荣誉称号
他的精神 成为了世博安保精神的一部分
树立了当代革命军人的光辉形象

说不完的故事
发生在今天的上海滩上
每个部队都有值得骄傲和夸耀的地方
在上海人民需要的时候挺身而出
再大的困难也不可阻挡
听党的指挥 服务人民 英勇善战
代代相传的光荣随着旗帜飘扬
我们和大上海一路同行
迈步在新世纪的大道上

（“南京路上好八连”供稿）

蒙　思

又下雪了，恼人的雪花。其实我是喜欢下雪的，长于南方的我，对于雪花的到来从来都有一份莫名的亲近。在南方，冬天能下上一场大雪，那是极其难得的事情。不知道什么时候，每当看到雪花沉甸甸地落下来，洋洋洒洒，压在通往城市尽头的道路上，落在甬道两旁的冬青树上，再也看不到远方的路途，再也看不见娇弱的绿影，只能看到一个个渐渐疏离的背影，一个个渐次消失的行囊。

又是一年老兵退伍的季节，每到这个时候，看到草木衰落，雪花飘落，站台上依依惜别而又万分不舍的分别，都想伸出手，想去挽留，挽留那段最令人留念的军旅生活。其实，我并没有参过军，打过仗，但军旅生涯对我来说并不陌生，家人、朋友都有过入伍参军的，甚至可以说，我的生命中的许多记忆都与军队有关。我不能说军队对我的人生选择有多么重大的影响，但我儿时就抱有一个信念，能够走进军队，成为一个兵，在军队的熔炉里，好好历练，把自己锻炼成一名巾帼英雄。

我想象着有一天早上，突然被军号声唤醒，我马上摆脱慵懒的睡意，穿好军装走向训练场。我渴望着这样的生活，单调、正规、严谨而又一成不变。我喜欢这样程式化的生活，极有规律，既有严格的训练，又有紧张的学习，让我长久以来散漫无序的生活变得生机勃勃，充满朝气。我希望能有一天穿上象征着辛劳汗水的迷彩服，尽管穿上它算不上英姿飒爽，也算不上正式的军服，但却是最为真实的军营生活与军旅体验。我渴望着这种集体生活，因为这里有教官与领导们的关心与呵护，耐心的教导与点拨，有战友们的欢声笑语，激情荡漾的军歌，我喜欢来自五湖四海的人组成一个大家庭，一起摸爬滚打，一起训练学习，一起风餐露宿，一起欢笑痛哭，一起并肩战斗，建立终生难忘而又异常宝贵的军旅友谊，这一切好像都曾经发生过，就在昨天，历历在目。我这一厢情愿的想象，给军旅生活涂抹上了一层靓丽的光芒，一份敬重与一份激情。

我还能说些什么？没有经历过，不知其艰辛，流血流汗。没有体验过，不知其考验，刻骨铭心。我内心中的感慨也只能化作一份深情钦佩的文字，既苍白无力又充满着无奈与眷恋。我仍旧在生活中坚持着这份执着，坚持着人生道路上能有军人般坚韧的性格与忠贞的品格。我希望能从现代军人身上学到更多。也许是学习文学的经历帮助我打开了一条认识军中生活的另一条道路。

在战争年代，军人义不容辞地承担着保家卫国的历史重任。他们在残酷血腥的战争中流血牺牲，为国捐躯；也正是在历经生死考验的战争环境中，凝聚成极为珍贵的战友情、兄弟情。我们唯一能做的就是铭记这些在战场上没有屈服，没有退缩，为祖国的安宁，为人民的福祉献身的悲壮事迹。我们不能忘记的是一个个悲壮的事迹身后，英雄军烈们对祖国、对人民的热恋和对充满希望的生活的渴望。在和平年代，没有了战争的硝烟，坚守则成为军旅生涯的引航灯。在日复一日的生活、训练中，军旅生活变得极为枯燥和乏味，没有灯红酒绿，没有霓虹闪烁，没有花园洋房，也没有财富人生，这一切都考验着军人的意志与决心，执着与信仰。在党和人民遇到危险和困难的时刻，还是我们的人民子弟兵冲锋在前，以坚强的意志克服重重艰险，以扎实的训练迎接困难挑战，以军人的铮铮铁骨和强健体魄去捍卫民族尊严和人民利益，用军人的青春年华和汗水血泪捍卫军人的追求和荣誉。我们怎么能不珍惜这来之不易的和平安康与幸福安宁呢？

文学一直是表现人类崇高情感的重要手段之一。在文学阅读中，我们体验着生命的律动与时代的脉搏。作为一名军事爱好者与文学研究者，军旅文学一直是我最为钟情、最为喜爱的作品类型之一。尽管在现实生活中很难体验、感受现代军人的所思所想，所感所悟，但是，军旅文学作品却能从艺术审美上弥补现实观照上的不足。军旅文学只是众多文学表达中的一种，在很长一段时间里，军旅文学并没有得到很多人的重视与阅读，甚至在许多文学研究者眼中，军旅文学这个提法是否恰当，还存在着不同的意见。特别是改革开放以来，商品经济大潮汹涌而至，文学迅速结束了其辉煌过往，猝不及防地跌入低谷，逐渐走向边缘化，军旅文学也开始走向自我反思、自我创新的阵痛期。

从军旅文学的发展脉络来看，以往的创作大体可以分为前30年和后30年，这基本与中国当代文学的发展脉络相合拍。在前30年，即1949—1979年，这是新中国军旅文学的繁荣兴盛阶段。这一阶段的文学作品多以创作和记录中国人民军队与人民共和国的建立、成长，反映中国军人的光荣历史与荣耀梦想为主题。后30年，直到今天，军旅文学描述的对象从宏大的战争场面转向更为日常化的军旅生活。在年轻的共和国文学历史上，早期的文学家大多有参军入伍的经历，他们经历过战争炮火的洗礼与生死考验，与共和国的命运共同成长，其作品因此也都是以自己亲历的战争生活为主要内容，这些作品也成为当代文学史中特别引人注目的成果。许多作品直接进入到我们的中小学课本当中，对我们这一代人来说，影响深广。20世纪90年代以后，一批年轻的军人开始从事军旅文学创作活动。在和平时期，他们缺少战争经历，更多的是从文化、历史与人文的眼光观照军旅生涯，拓宽了原有文学题材与文学主题，开拓了一些新的文学表现形式。这一主题变奏也标志着军旅文学的生态环境发生了重大变化，军旅文学创作也更灵活、务实与平和，从而焕发出军人别样的风貌和独特的魅力。

诗　说

“世上有一种最可爱的人，叫军人；有一种最动听的歌，叫军歌；有一种最真挚的情，叫军情；有一种最美的爱，叫军爱。军人是战火硝烟中，冲锋陷阵，不怕牺牲的战士；军人是和平年代里，赈灾救难，扶危济困的天使；军人的爱像海洋一样博大深远；军人的情似江河般激越澎湃。送着战火纷飞去，迎着和平安宁来。”

翻开共和国的历史，祖国和人民对子弟兵的赞颂讴歌总是溢于言表。在战争年代，他们奉献青春热血，历经生死考验，保家卫国，无怨无悔；在和平年代，则继承革命传统，听党指挥，为人民服务。无论何时，无论何地，中国军人的信仰永不变质，中国军人的忠诚永不褪色。毛泽东同志曾经说，红军之所以能够艰苦奋战而不溃散，一个重要的原因是“支部建在连上”。正是他们创造了历史，也在不断改写着历史。中国连队过硬的作风，艰苦朴素的传统，都是经过革命战火淬炼过的，经过大浪淘沙洗礼过的。翻开他们的史册，我们会看到一系列光荣的称号，“南京路上好八连”“硬骨头六连”“航空兵英雄中队”“劈山开路先锋连”“高原红色边防队”，每一个称号背后都有他们经受住了生死考验，流血牺牲，爱国奉献的伟绩，都饱含了他们时刻准备着用实际行动捍卫军人荣誉的信念。

被称为“南京路上好八连”的上海南京路中国人民解放军特种警备团三营八连，正是用实际行动谱写了一曲和平年代中国军人的生命赞歌。他们曾被称作“一条马路一群兵”“睡马路的士兵”，因为上海人民从来也没有看见过这种睡水门汀、盖麻布袋、吃冷饭、喝冷水的军队。纪律如此严明，可见一斑。他们也被称作“艰苦朴素本色连”，因为八连官兵人人都有一个针线包，每到休息时，战士们都在飞针走线缝补磨破的军装和袜子。八连官兵有句口头禅：“八连无小事”。在八连的战士看来，任何一个细节，任何一件小事都在潜移默化地影响着军队的作风，正是从抓小事做起，从注重细节入手，才能凝聚党和军队一贯倡导的艰苦奋斗的作风。千里之堤，毁于蚁穴，防微杜渐才能抵御“灯红酒绿”的诱惑，才能经得起和平环境下改革开放的考验。在和平年代，哪里有危险，哪里就有军队，哪里有困难，哪里就有军人。无论是抗震救灾还是国际维和，不论是顾大家还是舍小家，人民子弟兵总会挺身而出冲锋在前，不顾个人安危，甚至是牺牲性命也要保证人民群众的生命安全。现代军人不但是这个时代的英雄，也是人民利益的坚定捍卫者。

人民子弟兵，永远是这个时代最可爱人。

第四季

冬日暖阳 浪漫私语

mf

第一期

［俄］曼德尔施塔姆 《我多希望能够飞到》

Secret Garden 《Poeme》

朗诵：陆　静 （上海大学团委副书记）

宽容曾经是许多人梦寐以求的精神救赎，当宽容成为一个文化标榜与符号的时候，信仰的人越来越多，做到的人却能有几个？究竟什么是宽容？怎么宽容？对谁宽容？当宽容变成一件流俗的花裙子的时候，其实许多人并不甚了然。

我多希望能够飞到

［俄］曼德尔施塔姆

我多希望能够飞到
无人看见的地方，
躲在光线背后，
不留痕迹。

而你——我要让光芒环绕你。
再不会有别的幸福。
从一颗星星学到
光明的含义。

如果它是一道光，如果它是光明，
那只是因为
恋人的低语和聊天，
使它强大，给它温暖。

我想告诉你，
我正在低语，
我正将你交付给这束光，
小小的光，低语的光。

（摘自《曼德尔施塔姆诗选》，第278—279页）

蒙 思

宽容曾经是许多人梦寐以求的精神救赎，当宽容成为一个文化标榜与符号的时候，信仰的人越来越多，做到的人却能有几个？究竟什么是宽容？怎么宽容？对谁宽容？当宽容变成一件流俗的花裙子的时候，其实许多人并不甚了然。以为只要是宽容，什么都可以原谅，什么都可以谅解，什么都可以不追究，宽容由此变成了无立场、无原则的纵容与矫饰，成为一个藏污纳垢、污秽不堪的代名词。

曾经流放在远东的曼德尔施塔姆给莫斯科的朋友写信，恳求他们：给我讲讲故乡吧，讲讲我的妻子和孩子们吧，讲讲钟声长鸣叶落纷飞的广场。这一切熟悉的情景可能都会成为一个痛苦的绝望，永远的回忆。1938年9月，曼德尔施塔姆从被关押半年多的监狱驱赶上火车，被遣送到一万里以外的符拉迪沃斯托克（海参崴），从此就再也没能回到他渴望已久的故乡。故事结尾就是这样，但是事情远没有结束。等待曼德尔施塔姆的是为恢复名誉而进行的漫长抗争、等待的故事，是为了能够得到苏俄当局宽容与赦免的故事。这并不是一件容易的事情，这需要政治形势的变化，危险已经过去，足够强大的权力已经把敌人消解殆尽，斩草除根的伟大事业已经完成，这个时候，宽容的大旗才能再次竖起。宽容在权势者手中，不过是一根随意挥舞的指挥棒，驱使着无辜的百姓，难逃历史的轮回。直到1987年，曼德尔施塔姆彻底平反前，苏联当局一直拒绝承认其诗人的地位，也从未出版过他的诗集。

曼德尔施塔姆是苏俄时期非常有名的一位诗人，却因为写了一首讽刺斯大林的诗歌而遭遇不幸，特别是1938年苏联国内大清洗的时候，清洗的对象已经不限于文人了，许多党政军要人都被送上了审判席。列宁的战友李科夫和布哈林也难逃劫难。而布哈林在曼德尔施塔姆被捕流放的过程中一直在为他奔走说情，请求减轻对曼德尔施塔姆的惩罚，在自身难保的情况下，可以算是仁至义尽了。

叶赛宁说曼德尔施塔姆是天生的诗人。1913年，出版社第一次出版了曼德尔施塔姆的诗集《石头》，集子中的第一首诗歌是这样写的："胆怯无言的声音/来自坠落的果实，/环绕它的是不曾破碎的/密林寂静的音乐……"这首诗歌只有短短的四行，如同诗人短暂的人生一般，寂静、安详、神经质一般，又充满矛盾、冲动和惶恐不安。他的诗句铿锵有力，极富音乐性，无数诗歌评论者说道："他的诗歌不是写出来的，而是自然而然从灵魂深处流淌出来的，神秘地进入到我们的耳朵，嵌在我们的心坎上。"曼德尔施塔姆就这样一夜成名，诗集不仅受到诗坛盟主勃柳索夫以及其他领袖人物勃洛克、古米寥夫的赞美，还深深地打动了苏俄大地上千万个爱好诗歌的读者。曼德尔施塔姆无时无刻不沉浸在诗歌创作中，和众多被称为天才的文学家一样，不知道诗歌之外的世界是如何变化的，这种与世隔绝的生活状态，不通晓世故的人格面具，专注自我的情绪世界，可以说也直接导致了其悲剧命运。在苏俄向苏联过渡的大革命时代，也是苏俄国内实施新经济政策的时候，布尔什维克政党正与国内的封建反动白军进行着拼死厮杀，政治形势严峻，国内生产面临瘫痪，经济紧缩，百姓生存艰难，这个动荡的时代，个人如何能保护好自己都面临着困难。

爱伦堡说："曼德尔施塔姆生活（政治）上极为轻率。"从这则评价可以发现诗人只是想过一种平常人的生活，与世无争，能与他人相安无事就好。女诗人奥多耶夫彩娃说："我们曾经一起用过早餐，一人一大盘燕麦粥，但是国家已经进入战时状态，并进行了粮食控制，每个人能分到的食物非常有限。我刚坐下就被人叫走了，等回来一看，自己的燕麦粥已经被曼德尔施塔姆吃光了。我当时非常生气的，因为这是我一天的粮食定额啊。我质问他为什么吃我的粥。曼德尔施塔姆说他以为我不饿呢。对于他身上孩子般的自私我还能说什么呢？只好无奈地摇摇头了。"

战时饥荒，人心惶惶，世俗的利益已经逐渐成为生活中高于一切的要求。曼德尔施塔姆本就神经衰弱，胆子很小，更经受不起生活困顿的压力，心理逐渐失去平衡，身体残弱不堪，就连见个医生都会发抖。这一切都令人沮丧，困人手脚。而实际上，更令人痛苦失望的是对良知、自由的压抑。1928年以后，斯大林取得统治地位，独断专行，社会政治风气极为不正常。而此时，在乌克兰实行农业集体化又饿死了上百万人。1933年，曼德尔施塔姆来到乌克兰，发现原来生活的美丽富饶的辽阔原野哀鸿遍野，强烈的现实又刺激了他敏感的神

经。同许多诗人一样，在寻找真理的道路上不得不与强权进行殊死搏斗，而这一切又是那么不得已，有时甚至失去理智的控制。在那个人人自危的年代，曼德尔施塔姆却写下了一首足以导致其毁灭的诗歌："我们活着，感不到国家的存在，/我们说话，声音传不到十步外，/哪里只要能发出悄悄的话音，/提到的定是克里姆林宫的山民。/他那粗大的手指肥壮如青虫，/他的话像量普特的称砣那么准，/那一对蟑螂大眼露出了笑意，/那两只靴筒闪出了亮光熠熠。//细脖子的头头们对他众星拱月，/半人半妖的怪物任他戏弄取乐，/有的吱吱，有的咪咪或抽泣，/就让他一人厉声粗气地称呼你。/他送人一道道指令像给钉马掌，/朝大腿根，朝脑门，朝眉心或眼眶，/每判人一次死刑，他总觉美得很，/总要挺挺奥塞梯人特有的宽胸。"

这首直接影射斯大林本人的诗歌，很快就为他引来杀身之祸。1934年5月曼德尔施塔姆被捕，消息传出后，他的作家朋友们没有落井下石，躲避他、揭发他，而是奔走相救，这在文学史上并不多见。这次行动很快有所成效，曼德尔施塔姆被改判三年流放，此后的生活大抵上是毫无着落。但这首诗歌毕竟已经为其存留下"罪证"。在1938年开始的大清洗运动中，曼德尔施塔姆的这首诗歌又被当作确凿的"证据"，他因此被判处劳改五年，押送至海参崴，远东这个异常寒冷偏僻的地方。

到达海参崴两个半月之后，曼德尔施塔姆死了，死因不明。曼德尔施塔姆死后，官方没有发表任何消息，一度蜚声文坛的诗人便这样悄无声息地消失了。

时代滚滚而过，历史异常残酷，近半个世纪过去了，直到1987年时诗人才最终得到沉冤昭雪。那个时代作家的悲惨命运，不禁让人联想到，为什么我们不能对这些不谙政治、手无寸铁、只关注于文学创作的人宽容一些呢？曼德尔施塔姆终于可以回家了，回到他曾经深沉热爱的祖国大地上。曼德尔施塔姆死后留给世人的不仅仅是诗歌，还有一场关于宽容、制度、公平与正义的严肃思考。

诗 说

奥西普·埃米尔耶维奇·曼德尔施塔姆（1891—1938），俄罗斯白银时代最卓越的天才诗人，阿克梅派最著名的诗人之一。著有诗集《石头》《悲伤》和散文集《时代的喧嚣》《亚美尼亚旅行记》《第四散文》等。另有大量写于流放地沃罗涅什的诗歌在他死后多年出版。1933年他因写诗讽刺斯大林，次年即遭逮捕和流放，最后悲惨地死在远东的转运营。

冬日暖阳，令人沉醉。而春天到来，则令人回忆。

很偶然，在某书中，我读到了一个俄罗斯男孩的故事。有一天，这个男孩来到了一个陌生的城市，在那里他迷路了。他在城里街道转悠了很久，但怎么也找不到出城的道路、熟悉的田野。最后，他感到这个城市缠绕着他不放的时候，便跪下来祈祷，献上颂歌，然后就从桥上跳进河里，期盼河水能把他带出城去，回到他曾经挚爱的生活。此刻，他才意识到，什么是人生最珍贵的东西：是那些回忆起来感到

甜蜜的事物，是那些过去没有珍惜又无法挽回的时光，是那些无怨无悔，生死与共，凄美的爱。河水并没有淹死他，却摔死了他，但他却心满意足。

俄罗斯诗人曼德尔施塔姆的一生让我想起了这个简短的故事。伴随他不到30年的创作生涯的是如此多的无法挽回的艰辛与不幸。而曼德尔施塔姆的遭遇也许就如同他自己所说："像是意外的云朵之暗影，……在羞怯的岸边发出低声。"而这声低吟并没有脱离尘世，诗人以其独特的言说方式探索着一系列富有现代意味的关于存在、自由、生命、个性、爱与死亡的思想命题。曼德尔施塔姆的创作汇入了俄罗斯文化的"白银时代"，他当与以普希金、果戈里为代表的俄国文化的"黄金时代"相提并论。

曼德尔施塔姆的诗歌创作深受法国象征主义流派影响。他的诗歌像一则则未来主义的谜语强烈地折磨人，惊扰人。他极为强烈地不满足于眼前的现实事物，也并不追忆过去，真正与诗人纠缠在一起的可能就是日常生活中的隐秘的特质，这些生活中扑朔迷离的暗语，才是诗人体会到的真实。曼德尔施塔姆说："如果你能写，如果你会写，你就去写无形象的诗吧。一个盲人刚用能见的手指触上亲爱的脸庞，就立即认出了这张脸，于是，欣喜的泪水，相认的真正欣喜的泪水便会在长期的别离后从他的眼中迸出。一首诗靠内在的形象存活，靠先于写就的诗出现的发声的形式模块存活。尚不存在一个词，而一首诗却已在鸣响了。这是内在的形象在鸣响，这是诗人的听觉在把它触摸。"（曼德尔施塔姆《词与文化》）这首《我多希望能够飞到》给我留下了深刻的印象。这首诗并不是曼德尔施塔姆诗歌的代表作，但却令人久久难以忘怀。它在谈论什么？是在谈论一种爱情，一种幸福，还是一个朴实的、不甘寂寞而又深切感人的理想生活？也许有一种直觉会告诉你，只有在困苦与不幸的冬日里，你才会渴望那束温暖的阳光。那束光是永恒的生命，无法被摧毁也无法被人遗忘。

乐 说

神秘园是一支著名的新世纪音乐风格的乐队，它由挪威作曲家兼键盘手罗尔夫·劳弗兰和爱尔兰女小提琴手菲奥诺拉·莎莉组成。劳弗兰深信：每个人心目中都有一块属于自己的领地，每当痛苦失望或消沉时，就需要抒缓情绪，寻找内心的平静和安慰，这块藏在每个人内心的土地，就是“神秘园”。

16年的岁月流转，风靡全球的爱尔兰跨国音乐组合神秘园乐队一直坚持用最简单的音乐语汇表达内心最复杂的情感，超凡脱俗的音乐走进了每一个人心中的“神秘园”。乐曲《Poeme》选自神秘园乐队的第六张专辑《Ultimate Secret Garden》，发行时间为2004年5月3日。总销量突破300万张，出道10年纪念精选双CD，包括最新Easy Listening作品：韩国天籁之音申英玉演唱《Swan》，与丁菲飞联合创作《我的爱尔兰朋友》，首次发行现场音乐会CD，2CD单碟价。整张专辑的音乐水平高，乐章的旋律优美，精彩动人，既具欧洲的民族风情，又有一份优雅实在的感觉。

第二期

［德］保罗·策兰 《冬》

［捷克］德沃夏克 《母亲教我的歌》

朗诵：胡建君 （上海大学美术学院副教授）

1970年4月，诗人保罗·策兰49岁，他把自己溺死在了塞纳河水中，举世震惊，他的死因至今是个谜。保罗·策兰出生在一个讲德语的犹太家庭，母亲死于纳粹的枪口之下。母亲的死是策兰心中难以复原的精神伤痛，此后，在他的许多诗歌中，都出现黑暗中与母亲对话的情景……

冬

［德］保罗·策兰

下雪了，妈妈，雪落在乌克兰：
救世主的光环是万千颗粒的愁苦。
在这里，我的泪水够不到你。
往日的招手只留下那默默傲世的一别……

我们就要死去：棚屋你何不眠？
这风，也像被驱赶者那样逃散……
是他们吗，那些在炉渣中冰凉的人——
心旌飘飘，臂是烛台？

我在黑暗中依然故我：
柔能解愁，刚则断肠？
我的星辰中有一架洪亮的竖琴，
琴弦生风，直到根根扯断……

弦上偶尔悬着一朵时光玫瑰。
正在熄灭。一朵。永远的一朵……
那会是什么呢，妈妈：成长还是创伤——
是否我也陷进了乌克兰的积雪？

（摘自《保罗·策兰诗选》，第8—9页）

蒙 思

在我看来，上海真的是一座非常适合女性生活的城市。在上海的街头，你总不会寂寞，你会发现这座城市的女性是美的，优雅的，自信而又惬意的。也许，你会认为我说的有些夸张，但事实大抵如此吧。不同年龄的女性，在城市的空间中，都如此自如地发挥着自己的作用。

“新老娘舅”是上海电视台新开办的一个节目，也是一档平民调解类谈话节目，以调解日常生活中的邻里矛盾纠纷为主要内容，据说收视率屡创新高。我并没有特别关注过这档节目，但是老妈却乐此不疲，期期不落，尤为“敬业”。不但如此，老妈还经常把节目中的桥段在现实生活中“上演”，主动和社区联络，成为一名社区调解员，谁家有个麻烦，帮着，忙碌着，也算实现了她退休后老有所为的人生夙愿。在我们这一代年青人看来，还真有一种在社会主义集体主义精神培养下，大家团结在一起为实现和谐社会，实现中国梦而努力奋斗的勇气与决心，不时令我感动钦佩不已。当然，老妈热衷参与的社区调解活动，并不是每一位阿姨都会感兴趣，更多的阿姨的生活可以归为另一类，上海人称呼这类上了年龄的外婆为“马大嫂”。这些阿姨早年每天在弄堂深处，时时闪现的就是她们平凡而又熟悉的生活：每天清晨，天刚蒙蒙亮，她们就起早倒马桶烧煤炉，风风火火，风里来雨里去，吃喝拉撒，样样操心。很快，岁月就夺走了她们的青春，但她们还是一如既往地穿着早已洗褪色的、红色的旧褂子，弯着腰，操持着家事，仿佛这个世界一刻也离不开她似的。不管家里再苦再累，还是兴致勃勃地把日子过下去。退休之后，和要好的姐妹，在屋檐下晒晒太阳，谈谈家事；或者嫁了女儿不久开始帮着带外孙，唱着“摇啊摇，摇啊摇，摇到外婆桥，外婆叫我好宝宝”，看着外孙咿呀学话，长大成人，出国留学，或喜或悲，反复琢磨着，外婆的职责是不是终于可以放下了，曾经讲给外孙的微言大义又会给谁说呢？

阿姨们的生活就是这样，背负着过去，忘不了也放不下。还有的就是洋气些的阿姨，比如和母亲交好的一位阿姨可以算作是典型的上海洋房中走出来的女性。阿姨曾经在教会学校念过书，读过大学，是金枝玉叶、大家闺秀。虽然曾经挨过批斗、被打倒过，但也没有掩盖住高傲心思的气场与身份。阿姨来家里做客，照旧是浓妆艳抹一番，用的香水依旧上档次，一点也不比自己的儿媳妇差，摆弄着手机、电脑，上网、聊天，样样精通，与时俱进。这些阿姨区别于弄堂阿婆的地方在于，她们如此执着地关心着政治、经济新闻，换届选举人事变动，为叙利亚人民操心，因为这些关系着股票基金期货的涨幅变动。她们还要追星，有自己喜欢的歌星、影星、球星，有自己的业余爱好，咖啡厅、话剧中心八万人体育馆都留下过她们的足迹。这些阿姨还喜欢来一场说走就走的旅行，经常去国外看看。阿姨们的生活从来就不缺乏故事，长长的脚本足以拍出好几部好莱坞大片了。阿姨们身上背负着这座城市光彩熠熠的传奇过去，也经历过这座城市狼狈不堪的时代。有过处境艰难、痛苦失望，也曾得到过幸福与安慰，当一切都过去的时候，她们仍然能处之若然，坦然面对，让我们这一代生长在蜜罐中的年轻人惊叹不已。

不论是里弄阿婆还是洋房阿姨们，都已经习惯慢慢地将过去的记忆打扫进垃圾桶中，尽管为国家、社会、家庭奉献了一辈子，青春不再，但也依然美丽、依然尊贵，掩盖住心酸的泪水，在这座城市中幸福地生活下去。

如此看来，每年的妇女节是如此的重要。小的时候，我们被教导过，“三八”妇女节是群众性节日，是全世界妇女的节日，也是一个纪念全世界妇女运动的节日。每到这一天，打开电视收看新闻，你会看到全世界的妇女走向街头，高举标语，喊着口号，庆祝这一人类史上最伟大的平权运动，为进一步争取男女平等而进行着抗争。小时候，妇女节意味着可以放半天假，辛苦操劳的阿姨们可以看场电影，下馆子，难得地休息一下。而今天，我目睹着妇女节的意义在逐渐变化，心情也逐渐变得格外复杂。这种变化，在我看来，并不是一种积极的介入到现实生活中的对男女不平等社会现状的批判和抗争，不再是过去外婆、阿姨们曾经经历过的妇女解放时代的男女平等的社会形态。过去妇女运动曾经反抗过的来自传统社

会的压迫与侮辱、劳动与剥削，在当代社会却以一种新的形式残存着，但鲜有人进行批判和抗争。

其最为重要的表现形式就是妇女节的商品化与资本化。在这一天，我们看不到女性的抗争运动，只能看到商场中打折的女性用品。电商早已把这个节日办成大众消费的狂欢节。从某种意义上来说，这是商品社会表达妇女社会地位与社会尊重的方式，生活中的每个人都能由此受益，不能不说，这是妇女节日实实在在的好处。但是，我们却忽略了任何节日在设立之初，都是为了引发社会关注和反思，而今天妇女节却被资本改造为销售商出货的节日，无处不在的市场化进程，一方面消灭了任何的妇女解放的政治理想，另一方面却在制造诱惑与“神秘”（小到劳动妇女消费不起的奢侈品，大到可能出现的经济危机）。妇女节在无数鼠标的点击中，商品打折的购物中，节日本来具有的批判性意义被彻底消解掉了，妇女节由此变成了一个空洞的能指。而被消费主义彻底捕获的年轻世代正呼喊着用所谓的“女生”“女神”“女王”取代“妇女”这一具有历史和阶级意义的严肃群体命名。而原本应该传达的历史与政治含义被收编进了资本的消费与流通中去了。此时，我们今天看到的妇女解放运动的诉求，就变成了只反对男权而不反对资本主义了。由此，我们就看到妇女节只是一种女性反抗男权的节日。男权在现实生活中，主要表现为某些男性具有男权思想、不尊重女性并对女性进行骚扰和压迫，这些男性对女性造成了巨大的痛苦和困扰。难道这种反抗有什么不对吗？正如上面我们谈到的，这种说法并不全面，存在着很大的问题。因为，压迫女性的不只是男性。比如说，经过集体主义时期的妇女解放运动，男女平等观念已经深入人心，男权思想已经比解放前少了许多了吧，女性的经济地位应该提高了许多了吧，但实际上，女性地位并没有因男权状况的改变而提高，反而降低了。另一方面，资本市场化的结果是，大多数女性还是回到她曾经反抗的男性身边，回到家庭中去。因此，值得我们反思的是，只反对男权制而不反对资本，根本上是不能彻底地实现男女平等的，更重要的是提出反对资本主义生产方式的彻底的替代方案。

所以，尽管在上海现实的城市生活中，相形之下，外公的形象似乎并不突出明显，看不清楚其男权的面目，也许这正需要我们反思，隐蔽在男权制背后的资本生产与消费方式吧。为了伟大母亲的幸福人生，我们还有很长一段路要走。

诗 说

保罗·策兰（1920—1970），生于一个讲德语的犹太家庭，父母死于纳粹集中营，策兰本人也历尽磨难，于1948年定居巴黎。策兰以《死亡赋格》一诗震动战后德语诗坛后出版了《罂粟与回忆》（1952）、《无人的玫瑰》、《一丝丝阳光》等诗集，达到令人瞩目的艺术高度，成为继里尔克之后最有影响的德语诗人。1970年4月20日，策兰在巴黎塞纳河上从米拉波桥投河自尽。

他的死因至今是个谜。在这之前他刚获得了Buchner文学大奖，这个代表着德语文学最高殊荣的奖项。他的生活和20世纪犹太民族的苦难经历密切相关。在纳粹武力统治下的欧洲，犹太人的命

运等同于流亡、恐怖与迫害。他讲德语，却终生被语言背叛。1942年，德国纳粹占领了他的家乡，他的父母被驱赶进集中营。从一个从集中营中逃脱出来的表亲口中，策兰得知自己的父亲因天气寒冷被强迫劳动，死于集中营，而他的母亲也未能摆脱死亡的威胁，最终被纳粹枪杀。母亲的死是策兰心中难以复原的精神伤痛，此后，在他的许多诗歌中，都出现黑暗中与母亲对话的情景。母亲由此成为其诗歌永恒的对话者，在黑暗中痛苦的回忆，思考与摸索作为犹太人的命运与生命的本质。策兰说："诗歌的意蕴总是指向别处，诗歌需要他者的存在，每一个事物，每一个人都能成为诗歌中的他者。"策兰在并不是自己民族的语言被他者使用的过程中，寻找着自身的意义。这个他者是谁？是生命中的另一个自己？是死去的母亲？是被蹂躏的弱小民族？是一个可以终身相伴的对话者？还是仅仅存在于语词中的、超验的、形而上的、在黑暗中才能体会到的生命本质存在？

策兰的诗歌给我们敞开了一种独特的生存体验，他试图向我们讲诉一个单数帝国主义话语统治下的寓言故事，一条蹩脚的思想与语言双重困顿下的生命不归路。

路，并不长，其实它很短。

乐　说

安东宁·德沃夏克（1841—1904）出生于波希米亚的内拉霍齐夫斯，他是乡村屠夫之子，自幼在父亲肉店里帮工，那时已显示出演奏小提琴的才华。14岁时他被送到兹洛尼采的亲戚家学习德语，同时随利赫曼学习中提琴、管风琴、钢琴和对位。1873年，以康塔塔《赞美诗》取得第一次重大成功，使他得以放弃乐队工作而专心写作。1874年，《降E大调交响曲》获奥地利国家奖，评委中有勃拉姆斯参加。两年后又以几首摩拉维亚二重奏获奥地利国家奖，德沃夏克的声望日益增长，人们纷纷请他写新作品。1901年任布拉格音乐学院院长。晚年将精力投入交响乐和歌剧创作，1904年于布拉格去世，享年63岁。

《母亲教我的歌》创作于1880年，原作为一首歌曲，是作者所作的包括八首歌曲在内的歌曲集《吉普赛之歌》中的第四曲。该首曲子深受很多人的喜欢，后来被改编成小提琴等乐器独奏，流传至今，深受歌迷的喜爱与推崇。歌曲中淡淡哀愁的旋律，将德沃夏克那种斯拉夫人的伤感情怀毫无保留地倾泻出来，任凭你铁石心肠也会为之动容。

“当我幼年的时候，母亲教我歌唱，/在她慈祥的眼里，隐约闪着泪光。/如今我教我的孩子们唱这首难忘的歌曲，/我的辛酸的眼泪，滴滴流在我这憔悴的脸上。”（德沃夏克《母亲教我的歌》）

第三期

［波兰］亚当·扎加耶夫斯基 《中国诗》

［日］久石让 《The Rain》

朗诵：冯玉鑫 （上海大学青年教师）

文化为什么重要？每个人从自身的角度都会给出不同的答案，每个人都在自己的情感体验中经历着文化的碰撞与对抗，在一生经历的风风雨雨中，体验悲欢离合。但是，你会发现你并不是一个孤独的人，只体味着属于你自己的情感脚本。你会发现现实生活中和你有着同样的故事，同样经历的人不在少数。是什么造就了我们共同的生命体验，触动了人性中最为柔弱的心弦？

中国诗

［波兰］亚当・扎加耶夫斯基

我读一首中国诗，
写于一千年前。
作者谈到整夜
下雨，雨点敲击
他的船的竹篷，
以及他内心终于
获得的平静。
现在又是十一月，一个
有浓雾的铅灰色黄昏，
这仅仅是巧合吗？
另一个人正活着，
这仅仅是偶然吗？
诗人们都十分重视
获奖和成功，
但是一个秋天接着一个秋天
把叶子从那些骄傲的树上撕走，
如果有什么剩下来
也只是他们诗中的雨声的
低语，

不悲不喜。
唯有纯粹是看不见的，
而黄昏趁着光和影
把我们遗忘一会儿的时候
赶忙把神秘的事物移来移去。

（摘自《外国文学》2007年第5期）

蒙　思

从未自觉地想过文化对于每个人意味着什么，如何影响我们的生活，又如何塑造我们的情感与为人处世的生活方式。直到某一天，生活经历中有了更多的异国文化交流，才发现世界大不同，文化最重要。生命的本真可以说就是流动的风景，不停地迁徙，流转，又再次回归，不变的可能就是那深深烙印在你血脉中，看不见，触摸不着，而只属于你自己的生命体验。

文化为什么重要？每个人从自身的角度都会给出不同的答案，每个人都在自己的情感体验中经历着文化的碰撞与对抗，在一生经历的风风雨雨中，体验悲欢离合。但是，你会发现你并不是一个孤独的人，只体味着属于你自己的情感脚本。你会发现现实生活中和你有着同样的故事，同样经历的人不在少数。是什么造就了我们共同的生命体验，触动了人性中最为柔弱的心弦？这些颇耐人寻味。

这个问题，可以从一则往事说起。那还是我在美国纽约参加一次钢琴比赛后的事情。记得那次国际钢琴比赛后，心情很是低落。从太平洋东岸千里迢迢来到大洋西岸，舟车困顿，马不停蹄地参加比赛，结果自然可知，但也并不想过多地纠结，只想还好预留了短暂的时间可以去体验一下纽约杂糅多元的文化。纽约的街头，毫不夸张地说也是一个艺术家的圣地，林林总总的艺术活动总能带给你各种欣慰和惊喜。在这里你能发现不同风格的画家、作家、诗人、音乐家沉醉在自己的艺术创作中，享受着艺术的纯净与精神的满足，我听到了马勒、勃拉姆斯、克拉拉·舒曼等音乐家的作品回荡在闪耀着自由女神光芒的夜空下，也看到了莎士比亚、纪伯伦、卢梭的作品在街头巷尾上演，一种从未有过的灵魂深处的颤抖从心底升腾起来，尽管是一种难得体验到的不同文化艺术交织在一起的情感共鸣，但突然发现本真的感受其实是一种遗憾，排斥与异己的味道。我发现这些西洋艺术并不能缓解我内心深处的疲倦与异乡之苦的困顿，此时此刻，我才意识到我精神深处寻找的是什么？它，在中国城。

从吴侬细语的上海来到西方大都会的纽约，看过无数的艺术表演，每当曲终人散的时候，都会留下无尽的叹问。今夜，在整晚的声影幻梦中，在纽约寻来寻去，拉回现实的却是眼前中国城剧院上演的青春版《牡丹亭》。“忙处抛人闲处住。百计思量，没个为欢处。白日消磨肠断句，世间只有情难诉。玉茗堂前朝后暮，红烛迎人，俊得江山助。但是相思莫相负，牡丹亭上三生路。”讲的是有情人终成眷属的故事。故事发生在遥远的宋朝，南安太守杜宝的女儿丽娘游园伤春，因梦生情，寻梦不得，为情而死，死后三年，又因情复活，不但浪漫，而且足以说明“情”的感人力量。《牡丹亭》不但文辞优美、意境悠远，更为感人的是昆曲的唱腔，文词化的身段，把杜丽娘的形象塑造得无比感人，可以说是昆曲的经典代表作。并不是科班出身的人也会惊叹于目不暇接的吞袖、吐袖、盖袖、抛袖、盘袖、翻袖。

这部戏优雅华丽又不失韵味的音乐，早已让我沉浸其中。忽然我发现身边的老人有些异样，侧过头去，发现他已经老泪纵横，泣不成声。他的眼泪断了线一样，一直流，一直流。然后我发现流泪的人不只是他，甚至我能听到低微的哽咽的声音。前排的白发苍苍的老人自己一边拭着泪，一边还要给身旁的老伴递纸巾，默默地安慰着彼此。这一幕让我想起了小时候在浙江的乡下，由外婆牵着手去集市买菜后去听社戏，每一次听到“良辰美景奈何天，赏心乐事谁家院”的时候，外婆瘦弱的肩膀就开始颤抖，眼里泛着泪光。谢幕之后，我才发现都是中年的儿女们陪伴老人来看演出的，彼此都沉默不语，眼睛中泛着泪花。剧场中的人来自不同的街区，大多并不相识，即将各奔东西，但在此时，在这个短暂的共享空间中，却变成了一个温情脉脉、关系绵密的群体。很难想象，这部剧连续上演了多天，场场爆满，有的人已经陪伴父母看过多次，但是每一次都能热泪盈眶，欲罢不能。回荡在耳边的永远是那句：“从今后把牡丹亭梦影双描画。亏杀你南枝挨暖俺北枝花。则普天下做鬼的有情谁似咱！”

看完之后，我的心情平复了不少，我突然似醍醐灌顶，似乎明白了为什么大家会在一部戏曲中找到精神皈依与情感认同，似乎明白了为什么贝多芬的《命运》在两百年以后仍旧能够让人震撼，为什么《哈姆雷特》在四百年之后仍旧让人感动。文化，或者说一个民族的文学艺术，塑造了一个共同生活背景的“集体无意识”。荣格说“集体无意识”中积淀着的原始意象是艺术创作的源泉。一个象征性的作品，其根源只能在“集体无意识”领域中找到，它使人们看到或听到人类原始意识的原始意象或遥远回声，并形成顿悟，产生美感。而在欣赏《牡丹亭》的过程中，定居在海外的华人游子们感受到的不再是语言文化的差异、陌生，以及难以融入的孤独与痛苦，而是打开了尘封已久、铺满灰尘的匣子，在共同的文化记忆中产生了一种归属感。它使零散、疏离的各个生活小团体，成为了连结在一起的精神相通、休戚与共的命运共同体。在这个共同体中，我们可以分享彼此的痛苦与喜悦，学习和成长，而不会让别人无法接受，或者默然无语，不知所措。只有身处一个共同体的社群中我们才能体悟到自古以来中国诗词中的济世情怀、文化意蕴，才能抒发出比比皆是的“长太息以掩涕兮，哀民生之多艰”。

文化为什么重要，也许就在于文化能帮助我们在人群中认出自己，寻找到自己，看到和自己如出一辙的人生经历，体悟一种共同的情感经验。

诗　说

亚当·扎加耶夫斯基（1945—　），波兰当代极具国际影响力的诗人、小说家、散文家。1945年生于利沃夫（今属乌克兰），出生后即随全家迁居格维里策。20世纪60年代成名，是新浪潮派诗歌的代表人物。1982年移居巴黎。主要作品有《公报》《肉铺》《画布》《炽烈的土地》《欲望》《尝试赞美这残缺的世界》等。2004年获得由美国《今日世界文学》颁发的纽斯塔特国际文学奖。

“江畔何人初见月？江月何年初照人？”然而，多少中国古诗中有过的具体可感的生活形式，在今天的生存视野中却荡然无存？我常常独自惆怅，惆怅今天的人也许是不幸的，因为我们逐渐丧失了审美的能力，审美官能在退化。在纷杂混乱的虚拟世界中，我们分不清哪里是真实，什么是虚假，甚至我们不需要用眼睛去发现世界，只需要静静地坐在电脑前，便有“落霞与孤鹜齐飞，秋水共长天一色”。古典精神的消失也许意味着“现场”正离我们越来越远。

现代人的可悲之处也许就是我们已经不需要去遥想、体味我们的生活世界了。不是我们有意去拒绝，而是现实世界中众多的原始记忆已经不存在了。这不仅意味着我们赖以生存的生态环境被破坏、改变与重置，更意味着我们放弃了去认知古代先民的精神资源，放弃了曾经的生活世界，也放弃了对自己生命意义的掌控与理解。在每一双眼睛看来，找不到任何与过去生活的参照与对应，剩下的只有“前不见古人，后不见来者”。

作为诗人，最吸引扎加耶夫斯基的无疑是中国古典诗歌，他常常“在宁静的阅读中陶醉于诗中，仿佛生命瞬间终止了”，对他来说，“写作诗歌是不间断地表现历史的一种尝试”（《扎加耶夫斯基：寻找光明，但永远不忘记黑暗》，《南都周刊》2014年第12期）。而在中国古典诗歌中，不但有沉重的历史，正视残酷的命运，还能寻找到一种坚韧的积极态度，新的道路，新的生命。当历史与祖辈把过去交到我们手上的同时，我们却再也找不到与之相配的永恒了。在不远的将来，当孩子们捧着课本声情并茂地朗诵“君不见黄河之水天上来，奔流到海不复回”的时候，黄河早已满目干涸，河床龟裂。一千年前李太白心中的那份豪迈气势早已沦为孩子们眼中的莫明其妙，不知所以。

无论如何，我们绝大多数人，大概只为时代活着。生活如此，一向如此，一千年之前是这样，一千年之后仍旧如此。《中国诗》来到我们的面前，仿佛在向我们讲述生存的意义。生命的职责就在于存在，在于对自己命运的掌控。时间过去就过去吧，挥别的不是时间，而是曾经的记忆，存在的意义。也许，我们已经走在了错误的道路上了，即将成为过客，那么，快停下来，不要臣服于现实，永无止境地忍受，而要创造真实的生命之路。

乐　说

久石让，1950年生于日本中野市，日本音乐人、作曲家、钢琴家，毕业于日本国立音乐大学。《The Rain》是其代表性作品之一，也是北野武的电影《菊次郎的夏天》里的电影配乐。

在电影中《The Rain》是为正男和菊次郎困于公车站时的配乐，而影片的中心也是从此时正式展开：当菊次郎知道正男从没见过自己的母亲后，被唤起了相同的感情，天亮后带着正男踏上寻找母亲的旅途。在这里小提琴演绎的是正男的心事，大提琴则演绎着菊次郎的心事。

《The Rain》可以说是一曲“先抑后扬”的音乐：开始的一段钢琴把人带入一个雨夜的世界，随后忧伤的小提琴声响起，如同一个思绪重重的人陷在哀伤的记忆中。短暂的雨声后，有着相同旋律的大提琴音渐渐响起，似乎是被前者感染唤起了相同的感情一般，只是声音更加低沉，世界似乎陷入了无边的雨夜中。然而也并不是真的无边，随着音调的走高，一段欢快的旋律出现了，像是主人公经过昨夜的洗礼，收拾好了心情，重新振起精神，迈着轻松坚定的步子重新上路了。

第四期

林徽因 《情愿》

［韩］李闰珉 《Kiss the Rain》

朗诵：树　林（上海大学党委宣传部青年教师）

林徽因的情诗总是那么纯净、高贵，又有几分忧郁，跳跃的文字如同音符一般，仿佛是一种感召、一种独语。她的诗歌不需要理论分析，分析也没用。你需要做的就是静静地听她娓娓道来。她仿佛在编织一幅现实生活中不曾存在的锦缎，如同她的初恋一般，没有杂念、琐碎、平庸、沉闷，有的却是积极进取的生命力量，富有意义的精神生活。

情　愿

林徽因

我情愿化成一片落叶，
让风吹雨打到处飘零；
或流云一朵，在澄蓝天，
和大地再没有些牵连。

但抱紧那伤心的标志，
去触遇没着落的怅惘；
在黄昏，夜半，蹑着脚走，
全是空虚，再莫有温柔。

忘掉曾有这世界，有你，
哀悼谁又曾有过爱恋；
落花似的落尽，忘了去
这些个泪点里的情绪。

到那天一切都不存留，
比一闪光，一息风更少
痕迹，你也要忘掉了我
曾经在这世界里活过。

（摘自《林徽因诗文集》，第8页）

蒙 思

对于林徽因的个人感情，人们实在是谈得太多太滥了，似乎一个女人的生命旅程注定存在的、被人铭记与反复谈论的只有纠缠不清的爱情。然而这并不是一个民国才女仅有的精彩人生，其实她还有另外一面，还有“另外一个”让我们极为敬佩和感动的林徽因。

林徽因可以说是中国第一位现代女建筑师。“建筑”在某些方面等同于艺术，因而在某些方面是人类或者建筑者灵魂的表现。正如梁思成一样，林徽因也把对古建筑美的关怀等同于建筑的灵魂。

林徽因曾经回忆道：“我曾跟着父亲走遍了欧洲。在旅途中我第一次产生了学习建筑的梦想。现代西方古典建筑启发了我，使我充满了要带一些回国的欲望。我们需要一种能使建筑物数百年不朽的良好建筑理论。”（林杉《细香常伴月静天：林徽因传》）在欧洲生活的日子里，文艺复兴时期的建筑深深吸引着林徽因，她意识到建筑不但有实用性，也有体现民族文化艺术性的一面。建筑作为一门集美术、工程和人文艺术于一身的综合学科，强烈地吸引着怀着成为一名女建筑师梦想的林徽因。纵观林徽因的生命史，人人只知道林徽因是一位诗人、文学家，但实际上，文学并不是她的主要事业。

1923年7月，林徽因和梁思成来到美国留学。他们早先落脚在红树碧水环绕着的康奈尔大学，在这里的暑期预备班学习。每天清晨，两人都会踏着一路鸟鸣，背着画具，去校外写生。这一段时间，对于林徽因来说，极为单纯快乐。这里的山、这里的水、这里的树所构建的美，都层层渲染着中国山水画的意境。这种意境，深深打动着林徽因，引发了她无限的依恋。这里宁静、幽静，每天都会有新鲜的收获。两个月后，林徽因和梁思成进入宾夕法尼亚大学学习，梁思成顺利进入建筑系，而林徽因因为建筑系不招收女生的规定，只好选择进入美术系学习，但是她一直选修建筑系的课程。林徽因在建筑上的才华一点也不输于她在文学上的才华，作为一名非建筑系的学生，林徽因还曾被建筑系聘为“建筑设计事务助理”以及“建筑设计指导教师”。由此可见，林徽因在建筑设计上的天赋与用功程度。不同于梁思成设计上的严谨精准，林徽因的设计则充满创意，洒脱、随性，不拘泥于枯燥的架构分析、形状勾勒，而充满一种灵性，正如她的诗歌一样，处处是独出心裁的“神来之笔”。尽管如此，却经常由于想法的独特而在交图期限内完不成而不得不求助于梁思成。两人在建筑设计上，始终是难得的知音。

1926年1月17日，一个美国同班同学在给她的家乡报纸的一篇访问记述中，谈到了林徽因在宾西法尼亚大学学习期间的学习生活：“她坐在靠近窗户能够俯视校园中一条小径的椅子上，俯身向一张绘图桌，她那瘦削的身影匍匐在那巨大的建筑习题上，当它同其他三十到四十张习题纸一起挂在巨大的判分室的墙上时，将会得很高的奖赏。这样说并非捕风捉影，因为她的作业总是得到最高分数或是偶尔得第二。她不苟言笑，幽默而谦逊，从不把自己的成就挂在嘴边。”（林杉《细香常伴月静天：林徽因传》）

1927年夏天，林徽因以优异的成绩从宾大美术学院毕业，又因为成绩优秀被宾大聘为建筑系的“建筑设计课程兼任讲师”。同年夏天，林徽因和梁思成都被建筑事务所聘为助手，从事建筑设计与建筑研究，可以说这是对于两人建筑设计成绩的最大肯定。

1928年，两人在加拿大完婚。婚后在梁启超的安排下去欧洲度蜜月，同时，这也是一次很好的学习机会。利用这次在欧洲旅游的机会，他们又实地考察了一些欧洲古典建筑。这是他们唯一的一次共同访问欧洲大陆，这次他们先后去了法国、英国、瑞士、意大利、西班牙和德国，行程颇为紧张，在有限的时间内把所学过的建筑都看了一遍，这也为今后他们的建筑研究奠定了坚实的基础。是年8月，在父亲梁启超的催促下，两人匆匆回国，受聘于沈阳的东北大学。梁思成出任其一手建立的建筑系系主任，林徽因则成为美学教授。在东北大学建筑系任教，是林徽因从事建筑事业的大胆尝试，也为她的创作设计打开了一个广阔的天地。林徽因学识渊博，语言犀利幽默，深受学生喜爱。建筑系由此办得有声有色，还成立了“营造事务所”，接受建筑设计工作，包括为吉林大学整体校舍、沈阳郊区公园做设计。

从1931年开始，林徽因一家定居于北京，此后梁思成与林徽因开始了较为系统的大规模的古建筑野外调查和实测，大致整理出中国古代建筑的发展脉络，可以说，两人开拓出了中国古代建筑理论研究的一片新天地。林徽因在考察报告《平郊建筑杂录》中写道："这些美的存在，在建筑审美者的眼里，都能引起特异的感觉，在'诗意''画意'之外，还使人感到一种'建筑意'的愉快。"他们多次的野外实地考察为以后研究古建筑的学者提供了弥足珍贵的历史资料。

新中国成立后，林徽因在建筑上的成就进入到了一个前所未有的新高度。国家建设的需要与其自身对于建筑设计的执着追求，前所未有地完美地结合在了一起。作为新中国第一批正式受聘的建筑学者，清华大学一级教授，北京市第一届人民代表大会代表，全国文代会代表，她不顾重病缠身，先后参与设计完成了中华人民共和国国徽和人民英雄纪念碑的设计，重铸传统工艺景泰蓝，为保护北京古建筑群，殚精竭虑。在她生命最后的六个年头里，创造出事业成就的三座丰碑，实践了其一生坚守建筑事业的宏伟抱负。

诗 说

林徽因（1904—1955），福建闽县（今福州）人，出生于浙江杭州，著名建筑师、诗人、作家。人民英雄纪念碑和中华人民共和国国徽深化方案的设计者，建筑师梁思成的第一任妻子。20世纪30年代初，同梁思成一起用现代科学方法研究中国古代建筑，成为这个学术领域的开拓者，后来在这方面获得了巨大的学术成就，为中国古代建筑研究奠定了坚实的科学基础。文学上，著有散文、诗歌、小说、剧本、译文和书信等，代表作有《你是人间四月天》《莲灯》《九十九度中》等。其中，《你是人间四月天》最为大众熟知，广为传诵。

人生如同旅途，总免不了从一个地方到另一个地方，总要见过、经历过、体味过许许多多，纷杂而又凌乱的人或事。错置的时空，难以忘记的过去，一腔往事，深深沉醉其中的情愫，不经意间就会成为自我意识表达的起点。有些事情，总是纠缠不清，剪不断，理还乱。你苦苦思索答案，是答案却也不是答案。都说时间是最好的良药，觉得力不从心的时候，莫如将一切交付给时间，它会让你把该忘记的都忘记，让你漫不经心地从一个故事走进另一个故事里。最终，千帆过尽，走过的路却难以忘记，那份纯真的梦想早已渐行渐远，留下的只是满目疮痍的伤痛回忆。

伦敦的雾，夹裹着昏黄的灯影，丝丝缕缕，在泰晤士河上升腾起来。因为这雾，周围的景色都梦幻起来。一位少女，静静地徘徊在湖边的石板路上，她在等待着他的到来。这个时候，她却不知道，在以后的岁月里，她的声名始终和他联系在一起。在一波又一波的文学热潮中，她的诗集、文集也不断地被翻出、再版、热炒。她就是林徽因。在林徽因的记忆中，徐志摩是一抹难以挥散的迷雾。徐志摩说："我想，我以后要做诗人了。和你在一起的时候，我总是想写诗。"徐志摩文学的成就有目共睹，林徽因是他诗歌中的主角，无法排遣的影子，寝食难安。同样，在林徽因的诗歌中，也充满了单纯少女热烈的爱恋与满足。林徽因说："邂逅一个人，只需片刻，爱上一个人，往往会是一生。萍水相逢随即转身不是过错，刻骨相爱天荒地老也并非完美。在注定的因缘际遇里，我们真的是别无他法。"

就这样，在一个个酒一样浓烈的岁月里，一首首注定要载入中国现代文学史册的名作在他们的身后刻骨地流传着，如同他们的爱情注定天荒地老却难言完美。

林徽因的情诗总是那么纯净、高贵，又有几分忧郁，跳跃的文字如同音符一般，仿佛是一种感召、一种独语。她的诗歌不需要理论分析，分析也没用，你需要做的就是静静地听她娓娓道来。她仿佛在编织一幅现实生活中不曾存在的锦缎，如同她的初恋一般，没有杂念、琐碎、平庸、沉闷，有的却是积极进取的生命力量，富有意义的精神生活。

乐 说

李闰珉，韩国最擅长描写都市爱情的音乐家，是韩国偶像剧大导演尹锡湖的御用钢琴手。他从5岁便开始学弹钢琴，后来移民到英国，并在当地音乐学校学习，先后毕业于欧洲音乐英才的摇篮普赛尔音乐学校（The Purcell of Specialist Music School）、伦敦国王学院（King's College London）。李闰珉的音乐作品里大多展现兼容东方的抒情与西方的典雅细致的音乐风格，他的演奏神情让人难忘，优雅的风格，再加上精致的演奏技巧，予人一种非凡艺术家的深刻印象。

《Kiss The Rain》是韩国超人气偶像剧《夏日香气》中的经典配乐。在一个星星满天的夜晚，忽然间一场雨，让作曲家有感而发写下了这首描绘都市爱情经典的乐曲。2003年，电影《夏日香气》在韩国播出时，引起了极大的轰动，《Kiss The Rain》以其动人的旋律及音乐中所勾勒出的爱情的甜美，随即触动了观众的心。索取这首曲子琴谱的乐迷，更是塞爆了韩国唱片公司的官方网站。

第五期

多　多　《冬日》

［日］矶村由纪子　《风居住的街道》

朗诵：罗　阳（上海大学悉尼工商学院青年教师）

一个人为什么选择流浪，选择无尽的颠簸与游荡？谁能给予我们这种力量，勇敢地走出人生的围城，决绝地放弃安逸的生活，义无反顾地自我放逐？在冬季，你是否还会执着地坚持着自己的旅途，坚持着一个人闲荡在人间？

冬　日

多　多

黄昏最后的光辉温暖着教堂的尖顶
教堂内的炉火，已经熄灭
呵，时日，时日

我寻找我失落的
并把得到的，放走
用完了墓碑上的字

我闲荡在人间
广大的天地，永恒的父母
祈告，从心头升起

沉默，和声音以外的
融进了与冬天的交流：
风，是孤独的骑马人

云朵，是一堆堆大笑的乡下新娘
十二月神奇的心跳
只是一阵陈旧的朗读……

（摘自《多多四十年诗选》，第189页）

蒙 思

鲁迅说："童年的情形，便是将来的命运。"一座城市的童年、一个国家的童年是不是也能预示其未来呢？毫无疑问，一座城市、一个国家的原初状态总会以各种方式留存于其发展脉络中，后人多少还能感受到这种原初状态给人带来的不可磨灭的印记。就像我生活的这座城市，身旁的亲朋好友多少都曾嫌弃过它、痛恨过它，但是最终还是留在了这里。经常有国外的同行朋友来到上海，然后会很大方地告诉我们："上海很美，很像巴黎。"也有朋友会说："上海人太多了，有些凌乱、混杂和喧闹。"他们说的都对，可能最让我怀念的就是这种喧闹、拥挤、庞杂又不失去人情味道的老弄堂老上海啦。

1989年，诗人多多离开了北京旅居国外。也许和许多选择在这个年代出走国外的人一样，多少都有些无奈吧。见惯了国外的"秩序""文明""理性"之后，是否也会怀念童年生活过的那座北京城，那个京腔京调，可以乱穿马路，高声喊叫，到处是高大城墙的老城市呢？似乎这些童年记忆中的城市生活，总有些让人魂牵梦绕的东西，总有些让人无法忘怀、不断回首的情绪在里面。时代风云变幻，城市也在不断地发展变化，不变的却是诗人在当代日常生活中兹兹不忘的理念与信仰。"我们将留存给后代什么？后代将会迷惑不解，为什么在如此灿烂的黎明之后，我们还会退化到昔米来人的黑暗中。"一个再浅显不过的现实是，经济发展了，但精神理想却倒退了。所以别尔嘉耶夫深有感慨地说道："在这个经验世界里，崇高的价值弱于低下的价值，精神价值弱于物质价值，先知者、哲学家或诗人弱于警察、士兵或银行家。上帝弱于物质。"

诗人王家新说："多多是一位少见的、不仅一直保持着强劲的创造力而且愈写愈独特、愈写愈好的诗人。多多的诗，已构成了汉语诗歌近二三十年乃至近百年来一道最优异、罕见的景观。无论何时何地，我都为汉语诗歌能拥有这样的诗人骄傲。"多多的诗歌一直被评价为“有着高远的思想追求和自我预期”（刘复生《思想的余烬》）的诗作。这首先得益于其“高知”家庭的出身，此外，多多身处的小团体由于家庭背景与出身的原因，尽管“文革”时期许多中外文学、政治、经济、哲学书籍已经被列为禁书，但机缘令这些学生们得以以“地下状态”阅读这些书籍。正是这些书籍陪伴着这些大院孩子们走过了一段青春岁月，走过了一个莫名荒芜的时代。他们也正是通过紧紧抓住这些劫后余生少量的“内部发行”的书籍，打开了另一条独特的想象世界和未来生活的方式。

有的时候我们不得不说，数码时代尽管创造了一个无以复加的景观世界，它呈现出来的色彩的丰富性、逼真性足以代替现实中存在之物的真实性。更为致命的是，毫不费力就可以得到的数字影像极大地减弱了我们的想象力。数字图像的快速传播，某种程度上导致人与人之间没剩下什么东西值得交流了。相反的是，没有数码媒介的年代，文字语词有着更为强大的魔力，它能创造出比可见世界更为“栩栩如生”的别样意境。在那个独特的文学小圈子中，多多和他的伙伴们通过文学创作的方式，激励着彼此对于现实世界的思考。多多于1972年开始创作诗歌，正是在那样特殊的历史条件下，他在这一时期的诗歌创作往往带有强烈的批判现实的色彩，情感外露，直白而深刻，激进而热烈，而此后多多的诗作就再也难寻到这一充盈的色彩了。

但又正是在这一阶段，多多对于诗歌的语言有了新的自觉体悟，开始逐渐显露出对于诗歌语言形式的独特追求。而这一独特的语言风格更是充满着极富张力的语词拼接以及欧化色彩的复杂长句，大段的心理活动隐喻，读起来开始颇具挑战。这一极富现代特征的诗作，具有一种明朗与高亢的色彩，不同于经历过苦难后的反思文学所具有的忧郁和沉闷。

1989年多多去国远游，经历了政治变故和个人命运的极大转变，深刻体会到文化的断裂以及旅居国外的孤独。下面这首《在英格兰》表达的正是这样一种情绪：“当教堂的尖顶与城市的烟囱沉下地平线后/英格兰的天空，比情人的低语声还要阴暗/两个盲人手风琴演奏者，垂首走过//没有农夫，便不会有晚祷/没有墓碑，便不会有朗诵者/两行新栽的苹果树，刺痛我的心//是我的翅膀使我出名，是英格兰/使我到达我被失去的地点/记忆，但不再留下犁沟//耻辱，那是我的地址/整个英格兰，没有一个女人不会亲嘴/整个英格兰，容不下我的骄傲//从指甲缝中隐藏的泥土，我/认出我的祖国——母亲/已被打进一个小包裹，远远寄走……”异国的天空勾起了多多的祖国之思，整个苏格兰的土地也难以容纳下他对祖国母亲的思念之情。在异国的土地上，多多难以寻觅自己的骄傲，也难以寄托自己的情感归宿。这一阶段，多多的创作明显变得沉郁、焦灼了许多，郁积了强烈的情绪。于是，多多感慨自己不再是自己，但依旧是自己。

2004年，多多终于回到了阔别已久的祖国定居，在海南大学开始了任教生活。这一时期，多多的诗歌创作并不多，但却充满了富有生命张力的平静与舒适。对于一个坚持用母语创作的诗人来说，回归母语语境进行创作，意味着自觉的对于母语创作的守候，更加自然与亲切。一个心境平静的诗人开始用“爱”来看待这个世界，这种“爱”是经历不能“爱”过后的痛苦觉醒，也是一种难得的骄傲的诗人开始和世界和解、和祖国的命运紧密共生，以新的态度和眼界重新观照日常生活的点滴变化。多多的创作在更为宽泛的意义上来说，具有了更为强大的热情与包容力。

诗　说

多多（1951—　），原名粟世征，朦胧诗派代表诗人之一。出生于北京，1969年到白洋淀插队，后来调到《农民日报》工作。1972年开始写诗，1982年开始发表作品。在20世纪70年代，多多是中国为数不多的现代诗歌的探索者之一，其代表作《玛格丽和我的旅行》《手艺》《致太阳》等，早已成为汉语诗歌的宝贵财富。而在旅居欧洲的十几年间，创作不懈，获得国内外诗歌界的普遍尊敬。多多被公认为当代中国最优秀的抒情诗人，曾获得纽斯塔特国际文学奖等重要文学奖项。

一个人为什么选择流浪，选择无尽的颠簸与游荡？谁能给予我们这种力量，勇敢地走出人生的围城，决绝地放弃安逸的生活，义无反顾地自我放逐？德国诗人黑塞说：“我们流浪者都是天性如此。我们的流浪欲望和放荡不羁精神主要是爱，是恋爱。……我们流浪者最得心应手的是，恰恰为了爱的愿望不能实现而去培育爱的愿望，并把本该属于女人的那种爱，嬉戏地分给村庄和山峦、湖泊和峡谷，分给路旁的儿童、桥头的乞丐、牧场上的牛，以及鸟儿与蝴蝶。”（黑塞《村庄》）如果说黑塞是为了寻找爱而去流浪，那么中国诗人多多又是为了什么选择流浪？“当社会难产的时候/那黑瘦的寡妇，曾把咒符绑到竹竿上/向着月亮升起的方向招摇/一条浸血的飘带散发不穷的腥气/吸引四面八方的恶狗狂吠通宵/从那个迷信的时辰起/祖国，就被另一个父亲领走/在伦敦的公园和密支安的街头流浪/用孤儿的眼神注视来往匆匆的脚步/还口吃地重复着先前的侮辱和期望。”（多多《祝福》）

在冬季，你是否还会执着地坚持着自己的旅途，坚持着一个人闲荡在人间？1969年开始，一批来自北京的中学生陆续来到河北省白洋淀地区插队。在极其寒冷的生存环境与现实刺激下，部分青年学生开始用诗歌创作的方式，隐曲地反思宏大历史进程中的个体命运与个人反抗。这批被称为“白洋淀诗群”的青年诗歌创作群体，构成了新时期“朦胧诗”的源头。我们今天重读这一时期的诗歌，在一种时空错置的历史条件下，作为当代青年的我们，很难想象在如此艰苦的生存条件下，是什么支撑着他们进行着苦行一般的诗歌创作？是什么支撑他们徘徊着把个人经验注入到大历史的叙述逻辑中去？

从某种意义上来说，多多的诗歌创作代表了一代青年人面对巨大历史变动时的不满、失落、焦躁，也隐含着对未来的想象与期待，一种个体精神解放的梦想与渴望：“我写青春沦落的诗（写不贞的诗）/写在窄长的房间中。”（多多《手艺——和玛琳娜·茨维塔耶娃》）求精神解脱之不得，构成了诗人整个20世纪70年代的诗歌创作历程。在20世纪80年代，中国社会生活的形态质地发生了很大改变，高度政治化的日常生活形态逐渐被市场化的力量消解，诗歌中的政治因素也开始减弱。此时，多多诗歌创作的对抗性也开始转向，但仍然与主流诗歌保持一种疏离，从这首《冬日》中我们可以一窥端倪。诗人的心灵是世界上最为敏锐的心灵，当诗人置身于一个陌生的环境之中，难免会有情感上的微澜涟漪。这是一种远离祖国的孤独回味，还是一种难以寄托的精神放逐？答案也许只有诗人自己才会知道。

乐 说

矶村由纪子，日本著名音乐人，3岁就已经开始练习弹奏古典音乐，10岁就可以创作歌曲。她的音乐通俗入耳，风格路线近似西村由纪江，音乐空洞清灵直入人心，总会使人内心感到清凉和感动。反反复复地去欣赏她的作品，总也使人一次又一次地感动，悲伤的情怀也会在你的眼泪中慢慢结束。

矶村由纪子的音乐被公认为“上等的治愈佳品”，而且其中包含的活力，会让人有百听不厌的感觉。《风居住的街道》是2003年矶村由纪子与日本著名二胡演奏家坂下正夫合作的经典曲目，二胡与钢琴的搭配对话令人耳目一新。整体上来说，感觉二胡的比重大于钢琴，或者说是感染力超越了钢琴，二胡的忧伤在这里胜过了钢琴的浪漫，专辑中其他的曲目都是值得期待的。

参考文献

[1] [澳]托马斯·肯尼利. 辛德勒名单[M]. 冯涛, 译. 上海: 上海译文出版社, 2011.

[2] [波兰]亚当·扎加耶夫斯基. 诗十二首[J]. 黄灿然, 译. 外国文学, 2007(5).

[3] [俄]曼德尔施塔姆. 曼德尔施塔姆诗选[M].杨子, 译. 石家庄: 河北教育出版社, 2003.

[4] [俄]曼德尔施塔姆. 时代的喧嚣——曼德尔施塔姆文集[M].刘文飞, 译. 昆明: 云南人民出版社, 1998.

[5] [美]贝尔·胡克斯. 激情的政治: 人人都能读懂的女权主义[M]. 沈睿, 译. 北京: 金城出版社, 2008.

[6] [美]马歇尔·伯曼. 一切坚固的东西都烟消云散了——现代性体验[M]. 徐大建, 张辑, 译. 北京: 商务印书馆, 2003.

[7] 安旗. 李白诗新笺[M]. 郑州: 中州书画社, 1983.

[8] [德]策兰. 保罗·策兰诗选[M]. 上海: 华东师范大学出版社, 2010.

[9] 鲍鹏山, 王骁. 美丽诗经[M]. 合肥: 黄山书社, 2012.

[10] 多多. 多多四十年诗选[M]. 南京: 江苏文艺出版社, 2013.

[11] 葛逊. 穿越霓虹: "南京路上好八连"纪实[M]. 沈阳: 白山出版社, 1999.

[12] 耿云志, 崔志海. 梁启超传[M]. 广州: 广东人民出版社, 1994.

[13] 龚郭清. 试论梁启超思想的基本特征[J]. 浙江学刊, 1996(2).

[14] 顾蕴璞. 俄罗斯白银时代诗选[M]. 广州: 花城出版社, 2000.

[15] 郭小川. 郭小川全集(2)·诗歌[M]. 桂林: 广西师范大学出版社, 2000.

[16] 蓝棣之. 论冯至诗的生命体验[J]. 贵州社会科学, 1992(8).

[17] 蓝英年. 冷月葬诗魂: 俄罗斯诗人曼德尔施塔姆寻踪[J]. 俄罗斯文艺, 1995(1).

[18] 梁仁. 戴望舒诗全编[M]. 杭州: 浙江文艺出版社, 1989.

[19] 梁实秋, 蒋复璁. 徐志摩全集[M]. 第2卷. 北京: 中央编译出版社, 2014.

[20] 林徽因. 你是人间四月天[M]. 北京: 中国文联出版社, 2005.

[21] 林徽因. 林徽因诗文集[M]. 南京: 译林出版社, 2011.

[22] 林杉. 细香常伴月静天: 林徽因传[M]. 北京: 国际文化出版公司, 2011.

[23] 刘复生. 思想的余烬[M]. 开封: 河南大学出版社, 2011.

[24] 刘湛秋, 雷霆. 世界抒情诗选[M]. 沈阳: 春风文艺出版社, 1983.

[25] 流沙河. 诗经现场[M]. 北京: 新星出版社, 2013.

[26] 陆耀东. 冯至《北游及其他》新探[J].华中师范大学学报: 人文社会科学版, 2003(4).

[27] 罗振亚. 中国现代主义诗歌史论[M]. 北京：社会科学文献出版社，2002.
[28] 穆旦. 穆旦诗文集(1)·诗[M].北京：人民文学出版社，2007.
[29] 潘玉驹. 圆梦中华[M].杭州：浙江大学出版社，2014.
[30] 钱亦平. 钱仁康音乐文选[M]. 上海：上海音乐出版社，2013.
[31] 钱锺书. 谈艺录（补订本）[M].北京：中华书局，1984.
[32] 汪澍白. 二十世纪中国文化史论[M]. 北京：中国青年出版社，1999.
[33] 王家新. 保罗·策兰：从黑暗中递过来的灯[J]. 当代外国文学，1999(4).
[34] 王家新. 王家新的诗[M]. 北京：人民文学出版社，2001.
[35] 王蘧常. 梁启超选集[M]. 北京：人民文学出版社，2004.
[36] 闻一多. 闻一多全集(12)：书信、日记、附录[M]. 武汉：湖北人民出版社，2004.
[37] 吴建广. 不可“诗意栖居”的德意志语言之家——保尔·策兰诗集《语言栅栏》之诠释[J]. 同济大学学报：社会科学版，2010(6).
[38] 夏昆. 唐诗的江山[M]. 北京：中国对外翻译出版社，2008.
[39] 展望之，张方晦. 飞去的诗人：徐志摩传[M]. 上海：汉语大词典出版社，2000.
[40] 张新颖. 中国新诗：1916—2000[M]. 上海：复旦大学出版社，2011.
[41] 张早霞. 从梁启超的《少年中国说》说开去[J]. 金田，2014(12).
[42] 周亚平. 知识青年上山下乡运动纪实[M]. 北京：东方出版社，2014.
[43] 朱自清. 朱自清散文[M]. 北京：人民文学出版社，2005.

后记

2015年5月4日，由上海大学团委校园文化部主办的“青春校园 诗乐同行”诗歌艺术活动正式登陆上大校园，围绕青春校园、爱国情怀等相关主题陆续推出了四季，共计20期系列节目。同时进行了线上专题推送，活跃于教学一线的青年教师们以及广大在校学生都积极参与其中，线上阅读量累计近20万次，在上大校园中掀起了一股热爱传统文化、崇尚人文关怀、彰显青年思想的校园艺术风暴。2016年4月，上海大学携手SMG东方广播中心，与上海故事广播（调频FM107.2）“悦读60分”节目组合作，将青春校园的诗意问候，通过电波传递到社会中去。为了给热爱艺术的朋友们留下些许美好的记忆痕迹，我决定将自己对诗歌（部分为散文）与音乐的点滴感受结集成书，作为“青春校园　诗乐同行”诗歌艺术活动的主要成果之一。

本书的编写得到了学校领导、部门同事、业界同行的大力支持，在本书即将出版之时，想对提供过帮助的领导、老师和朋友表达最真挚的谢意：

校党委副书记、副校长徐旭教授对本书的编写给予了极大的关心与支持，并为本书撰写了序言；

校党委副书记、副校长龚思怡教授在百忙之中参与活动的现场录制，并对活动提出了诸多宝贵的意见；

校团委书记许烁副教授对活动更是倾注了大量心血，从最初的活动策划，到每一期的内容审核，再到最后的市场推广，许烁副教授总是利用自己的各种资源来帮助团队实现一步又一步的梦想。

感谢参与活动音乐演奏的旅澳青年小提琴演奏家王曾梅、青年大提琴演奏家梁松。

感谢上海音乐学院音乐学系郭树荟教授、上海音乐学院作曲系系主任叶国辉教授、东方广播中心经典947（调频FM94.7）何红柳副总监、东方广播中心上海故事广播（调频FM107.2）赵洁总监和张建红副总监以及主播丁薇老师提供的帮助和支持。

感谢校党委宣传部对本次活动的大力支持，感谢校团委全体同仁的协助。

正如许巍在歌里所唱的那样：“生活不止眼前的苟且，还有诗和远方的田野……”这本书可以说是我工作之余的心灵记事本，茫茫人海之中偶遇超越世俗、热爱艺术的你我他，我们便隔着香气宜人的书页、弥漫在空气之中的音乐微笑致意，也许我们不曾相识……

张口天

2016年7月

R